Mein Name sei Lommerlin

Riccardo N. Ceniviva

Mein Name sei Lommerlin

Hommage an Max Frisch:
Mein Name sei Gantenbein

Bibliografische Information der Deutschen Bibliothek:
Die Deutsche Bibliothek verzeichnet diese Publikation
in der Deutschen Nationalbibliografie;
detaillierte Daten sind im Internet über
<http: // dnb.ddb.de> abrufbar.

© 2008 Riccardo N. Ceniviva
Satz, Umschlagdesign, Herstellung und Verlag:
Books on Demand GmbH, Norderstedt
Herausgeber: P.M. Magazin – GRUNER + JAHR AG & CO KG, Druck- und
Verlagshaus, Verlagsgruppe München
ISBN: 978-3-8334-7475-0

für sylvie bernardo
und kim thielen

„Die Gewohnheit ist eine zweite Natur,
welche die ursprüngliche zerstört."

BLAISE PASCAL

prolog / brücke

Die Brücke vibrierte leicht. Eigentlich so schwach, dass niemand es spürte. Die Fußgänger gingen weiter, ohne auf ihr Umfeld zu achten. Sie nahmen ihre Umwelt nicht wahr. Sie sahen nur das, was sie sehen wollten. Aber ich konnte dieses leichte Beben wahrnehmen. Eigentlich war dieses leichte Vibrieren nichts Beunruhigendes. Es handelte sich bloß um die Straßenbahn, ein paar Autos, vielleicht ein paar Busse, die auf dieser Brücke verkehrten.

Ich spürte auch die warmen und scheuen Sonnenstrahlen, die meine Wangen erwärmten; ich hörte das Kreischen der Möwen; die Wellen des Sees, die leicht gegen den Quai planschten; ich hörte Motoren, Gerede, das Laub der üppigen Bäume, die für das letzte Mal vom Wind gegeneinandergedrückt wurden; ich spürte das Gewicht meiner Sonnenbrille auf meiner dünnen Nase; es waren alles gewöhnliche Dinge, die kaum jemandem auffielen; aber es waren Elemente einer Welt, von der ich leider viel zu wenig wusste.

Es war ein nichtssagendes, unbedeutendes Beben. Dennoch spürte ich es. Denn das, was die Blinden nicht sehen konnten, das nahm ich wahr.

1. kapitel / limmatquai

a / Ich ging weiter. Ich ließ mich von der großen Menschenmenge über die Straße treiben. Danach bog ich rechts ab und ging weiter, genauso wie ich es jeden Tag tat. Es langweilte mich, täglich denselben Weg zu gehen; die Brücke, die Straße, den Quai, bis ich wieder in meinem Stammlokal, dem "Fliegenden Hirsch", landete. Aber es war dennoch viel besser, als den ganzen Tag zu Hause zu hocken und mich zu langweilen und zu ärgern, dass ich keine Arbeit hatte.

Mir fehlte einfach die Farbe in dem endlosen zerbrochenen Grau, das mein Leben war. Ich sehnte mich nach dem Gold, diese wundersame Farbe, die ich einst in dem Laub, dem Himmel oder in den Haaren und dem Blick von Frauen sehen konnte; ein Gold, das das Grau zerstörte und meinem Leben einen Sinn gab. Aber seit diesem schrecklichen Tag gab es kein Gold mehr. Nur ein endloses Meer von Grau und Schwarz, kalt und abstoßend, genauso wie ich.

b / Ich fand wieder meine Ecke, in der ich immer saß. Zum Glück saß niemand da, wie immer – Stefanie hielt diesen Platz für mich wahrscheinlich immer frei.

Nach ein paar Minuten kam sie zu mir.

„Guten Tag, Herr Brüssi. Wie geht es Ihnen denn heute?"

„Es geht mir wie immer, danke", murmelte ich, Mitleid suchend und doch Mitleid verachtend.

„Was kann ich Ihnen denn bringen? Das Übliche?"

Ich nickte nur.

Ich hörte, wie sie wegging. Ein paar Minuten später brachte sie mir meine Getränke. Wie immer einen Espresso und ein Heineken. Sie setzte sich neben mich.

„Und wie läuft ihr Café denn heute?"

„Es ist ein ruhiger Herbsttag."

Ich kam seit Jahren hierher; es war das einzige Lokal, das ich problemlos finden konnte; jeden Tag, zur selben Zeit, dennoch duzten wir uns nie. Ich versuchte mir manchmal vorzustellen, wie Stefanie aussah. Ich sah sie vor mir mit langen, lockigen braunen Haaren, schlank, groß, freundliche Augen, Mitte dreißig. Manchmal sah ich sie als eine eher plumpe Frau mit einem großen Gesicht und einer tiefen Stimme. Selten sah ich sie als eine kleine Frau, etwas älter als ich, mit kurzen, grau-blonden Haaren. Ich wusste, dass die Wirklichkeit immer jenseits unserer Vorstellungen, unserer Imagination, war. Was war eigentlich unsere Imagination? Ein Pinsel, der versuchte herauszufinden, wie eine Utopie aussah? Dennoch scheiterte der Pinsel mit diesem Versuch immer, denn so etwas wie eine Utopie gab nicht. Die Menschen waren immer enttäuscht, wenn sie die Wirklichkeit mit ihrer Fantasie verglichen. Die Realität war so real. Ich hatte dieses Problem nicht, denn meine Umwelt bestand bloß aus Fantasie und Erinnerungen. Und meine Erinnerungen waren etwas Abstraktes, etwas Vergängliches; eine Sanduhr, die fortwährend ihre mikroskopischen Körner verlor, bis eines Tages ein makroskopisches Nichts übrigblieb.

Ich hatte dennoch Glück, denn, was mein Gedächtnis jeden Tag abbaute, das rekonstruierte meine Fantasie mit ihrem goldenen Pinsel. Und ich musste nicht jeden Tag mit der Enttäuschung leben, wie weit meine Imagination von der Realität abwich. Ich hatte diesen Fluch nicht. Das war einer der wenigen positiven Aspekten meines momentanen und erbärmlichen Zustandes und es war ein handfester Beweis, dass alles Schlechte auch seine guten Seiten besaß.

„Ja, aber was kann man dagegen machen?", erwiderte ich.

„Wogegen, den ruhigen Herbsttag oder das ruhige Geschäft?"

„Beides."

„Ach, Herr Brüssi, ihr Pessimismus wird mich eines Tages zu einem richtigen Optimisten machen!"

„Denken Sie?"

„Ja, Ihre schlechte Einstellung gegenüber dieser Welt stößt mich so ab, dass ich instinktiv immer versuche, das Gegenteil von Ihnen zu denken."

„Finden Sie mich abstoßend?", fragte ich etwas gereizt.

„Nein, nur Ihre Einstellung."

„Aber warum sitzen Sie denn hier, Stefanie?"

„Vielleicht, weil ich Ihren konstanten Pessimismus witzig finde. Oder vielleicht, weil Sie gar nicht so unrecht haben. Oder weil ich einfach ein bisschen Gesellschaft brauche."

c / Wir verstummten eine Weile, beide verloren wir uns in unsere eigene Gedankenwelt. Stefanie hatte gar nicht so unrecht. War ich bloß ein verbitterter alter Mann? Ich gab immer gerne zu, dass ich alt und verbittert war. Nicht, dass ich damit angeben wollte. Ich konnte und wollte aber nichts dagegen machen.

Ich hörte, wie die Tür aufgemacht wurde. Ein kalter Luftzug strömte herein, begleitet von den Geräuschen der Straßenbahn und von einem Wirrwarr von Stimmen, die uns daran erinnerten, dass die Welt da draußen auch noch existierte.

„Grüezi!", sang Stefanie, sich vom Tisch erhebend.

„Excuse me, do you speak English?"

Es waren ein paar Touristen, die die Oberdorfstraße suchten. Soweit ich hören konnte, handelte es sich um einen Mann, eine Frau und zwei Mädchen. Aber vielleicht waren es auch zwei präpubertäre Jungen. Es war also eine Familie. Ich hatte fast vergessen, dass es so etwas gab. Und die Familie schien sogar glücklich zu sein.

Als Stefanie sich wieder zu mir setzte, hörte ich an ihrer Stimme, dass sie enttäuscht war. Wir alle mussten eine Enttäuschung nach der anderen durchleiden. Ich, dass ich einsam war; Stefanie, dass sie zu wenige Gäste in ihrem Café hatte.

d / „Ach, was ist das Leben für ein Drama", seufzte ich.

„Nein, überhaupt nicht. Es ist das Beste, was wir je bekommen haben", erwiderte Stefanie.

„Denken Sie? Sie besitzen ein Café mitten im Zentrum einer der begehrtesten Städte der Schweiz und fast niemand kommt zu Ihnen. Und ich? Schauen Sie mich bloß an, ich bin nichts als ein alter Krüppel."

„Das stimmt ni… Verdammt noch mal! Ich kann nicht mehr …"

„Was?"

„Na, Ihren ewig pessimistischen Gedanken positive entgegensetzen. Sie haben so … recht."

„Ich bin halt ein alter und weiser Krüppel."

„Jetzt haben Sie endlich einmal etwas Gutes über sich erzählt."

„Haben Sie bei ‚alt' oder bei ‚Krüppel' etwas Gutes gehört?"

„Bei ‚weise', Sie alter Narr!"

„Tja, jeder hat seine Fehler. Tut mir leid, ich bin halt nur ein Mensch."

Irgendwie fingen wir beide an zu lachen. Es war wirklich ein seltener Augenblick. Ich kam seit Jahren hierher, aber wir hatten so selten gelacht wie ich Finger hatte – und ich hatte sie noch alle; die hatte mir der Krieg wenigstens nicht geraubt.

Es war so schön, wieder zu lachen. Ich lächelte oft genug, aber das war bei Weitem nicht so schön. Aber mich einfach loszulassen und zu lachen, frei von jeder Verspannung, war eines der schönsten Dinge, die es in dieser Welt gab. Ich spürte, wie mir das Blut in mein Gesicht stieg; meine Lungen, die sich rasch auffüllten und wieder leerten; mein Bauch, der sich anspannte; das Endorphin, das in mein Gesicht strömte … Ich spürte, wie die Sonne in diesem dunklen Lokal aufging. Draußen starben Menschen im Tausender-Takt, es gab Armut, Kriege, äußerste Not, Zerstörung; die Welt war bloß ein großes Ei, dessen Schale ungeschickt mit Klebstoff zusammengehalten wurde; ich hatte meine Probleme, Stefanie hatte zu wenig Geld; aber an diesem trüben und windigen Herbsttag saßen wir beide einfach da und lachten, obwohl es eigentlich nichts zu lachen gab. Dicke Tränen hingen am Rande meiner dunklen Sonnenbrille. Es war wundervoll, Stefanie lachen zu hören. Es war ein herzhaftes Lachen, frei von jeglicher Sorge, wie wir alle in unserer Jugend gewesen waren, ignorant, aber glücklich. Und diese kleine Minute kompensierte die Depression, unter der wir etliche Wochen gelitten haben und die uns schnell wieder einholen und unser Glück und unsere Freude in Schach halten würde.

„Ach, Herr Brüssi, so ein schlechter Kerl sind Sie überhaupt nicht.“

e / Als ich eine Weile später wieder entlang des Limmatquais schlenderte, alleine, mit meinem Stock vor mir tastend, die Brille auf meiner Nase sitzend, gingen mir wieder Stefanies Worte durch den Kopf, wie ein Echo, eine triste Erinnerung: „Ihre schlechte Einstellung gegenüber dieser Welt stößt mich so ab …“ War ich wirklich so ein schlechter Mensch? War ich wirklich solch ein Pessimist, der nur das Negative dieser Welt aufspüren konnte, mit der Ausnahme von überflüssigen Vibrationen einer Brücke? Es war eigentlich bloß ein kleines Fragment eines Gespräches, dessen genaue Worte ich sowieso schon fast vergessen hatte, eine persönliche Äußerung meiner Interlokutorin, dennoch war dieser Satz von ihr so schwerwiegend, so vielsagend und ambivalent, dass ich wusste, ich würde ihn nie wieder vergessen, selbst, wenn ich es wollte. Ich redete nicht so oft mit Menschen, und es war schon schlimm genug zu erfahren, dass ich solch ein Pessimist war. Ich wusste, dass ich mich jetzt wie ein Megalomaner benahm, indem ich solch einer Bemerkung überdimensionale Bedeutung zumaß und sie nicht hinnahm wie ein Stoiker, der ich sonst meistens war. Stefanie war eine gute Freundin von mir, und ihre Bemerkung gab mir zu denken.

Sie hatte mir ja ausdrücklich gesagt, dass es meine Einstellung war, die sie abstoßend fand. Was ich von Frauen wusste, meinte sie damit auch meinen Charakter, also mich selbst. Das enttäuschte mich. Ich enttäuschte mich. Der 62 Jahre alte Karl Brüssi, direkt nach dem 2. Weltkrieg geboren, konnte nicht mal mit Frauen reden. Das machte mich noch wütender, über mich selbst, über diese Welt, deren schwarzen Schleier ich nicht durchbohren konnte und das Gute entdecken, damit ich zu einem Optimisten wurde. Die ganze Welt enttäuschte mich und ich versank in ein Meer von Depressionen, dessen Haie und Dämonen mich immer tiefer in seine schwarzen Wellen zogen. Es wurde gesagt, die Zeit heile Wunden, aber je mehr Zeit verging, desto verbitterter und depressiver wurde ich. Unser kaum verklungenes Gelächter schien aus einer anderen Welt zu stammen und ich fragte mich, ob ich es nicht bloß geträumt hatte.

Jetzt hörte ich Gelächter; Touristen, die anscheinend glücklich waren und den Herbst und den kühlen Alpenwind genossen. Ich wurde sofort von Sehnsucht und von Neid ergriffen. Ich bekam plötzlich Lust, meinen Stock zu nehmen, und alles um mich herum kurz und klein zu schlagen, einfach zu zerstören, zu vernichten; meine Wut, mein inneres Monster, alle meine Gefühle, die zu einem giftigen Gebräu wurden, herauszulassen. Aber ich wusste nicht, was ich treffen würde.

Dies machte mich noch wütender. Ich wollte mich fast über das Geländer in die kalte Limmat werfen. Leider würde meine Leiche nicht friedlich in den See driften. Mit ein bisschen Glück würde sie in die Aare getrieben werden, die wiederum im Rhein mündete. Meine letzte Europareise, bevor ich für immer diese verdammte Welt verlassen würde, um mich von den starken, blauen Gewässern in eine andere, eine hoffentlich bessere Welt treiben zu lassen …

Aber so viel Glück hatte jemand wie ich nicht. Meine Leiche würde höchstwahrscheinlich hier in der Nähe irgendwo stecken bleiben – sie würde es nicht mal fertigbringen, die Stadt zu verlassen. Genauso wie mein lebendes Ich. Und diesem Ich würde es nicht mal gelingen, mein Leben zu verlassen, so ängstlich war ich. Und ich soll in Vietnam gekämpft haben? Hatte ich es mir so vorgestellt? Das Blut, die Gewalt, die Fallen, die unsichtbaren kleinen Gelbhäuter, die grüne Hölle - es war so, wie ich mir den Tod an diesem Moment vorstellte. Alles würde schwarz sein – wie ich es schon gewohnt war – es würde bloß kein Leiden, keine Trauer und vor allem keine Gefühle geben. Ein perfektes Leben – nein, ein perfekter Tod. Und ich stellte mir vor, die größte Ironie aller Zeiten, einmal tot, würde mir der Heilige Peter oder irgendjemand an der Schwelle des Jenseits zeigen, wie mein Leben sich zum Guten entwickelt hätte, wäre ich nicht zu feige gewesen, mit meinen irrelevanten Problemen fertig zu werden. Es würde mich nicht wundern.

Wieder lachten ein paar Touristen. Vielleicht waren es dieselben von vorher. Lachten sie mich aus, meinen komischen und depressiven Gesichtsausdruck? Nein, sie hatten mich wahrscheinlich gar nicht bemerkt. Sie hatten Besseres zu tun, als einen alten Krüppel anzusehen.

Vielleicht hatten sie mich doch bemerkt und ich tat ihnen leid; oh, welch ein armer alter Mann. Würde die Erinnerung an mich ein paar Minuten später in einer alten Schublade in einer staubigen Ecke ihres Gehirns eingesperrt werden, deren Schlüssel sie einfach in die Limmat werfen würden?

f / „Mami, was hat der Mann da vorne? Warum ist sein Auge so … bedeckt?"

Das Kind zeigte auf einen älteren Mann, dessen rechtes Auge mit einer Binde verdeckt war.

„Der Krieg hat ihn verletzt", antwortete sie. Ihre Stimme war kalt und verächtlich.

„Was ist der Krieg?"

„Wenn du größer bist, wirst du das verstehen", murmelte sie.

„Nein, ich will nicht warten. Erklär es mir jetzt. Bitte!", forderte das Kind aufgeregt.

„Bitte sei still."

Als das Kind sie mit großen verletzten Augen ansah, seufzte die Mutter.

„Der Krieg ist das Schrecklichste überhaupt, was je erfunden wurde. Gott bewahre, dass du nie so etwas … Scheußliches erleben wirst." Schnell bekreuzigte sie sich.

Das Kind wusste, dass es nichts mehr aus ihr heraus bekommen würde. Es hielt die Hand seiner Mutter. Neben ihr hinkte ein junger Mann mit Hilfe von Krücken. Der untere Teil seines linken Beins lag wahrscheinlich noch irgendwo im bewaldeten und zerstörten luxemburgischen Ösling, seit der Ardennenoffensive im 2. Weltkrieg. Vielleicht hatte es während des Krieges ein Tier – oder sogar ein Mensch – aufgefressen. Oder hatte eine Bombe es zerstört?

Das Kind wusste von solchen Dingen noch nichts. Es war noch zu jung, um zu wissen, was die blaue Limmat und ihre Zuflüsse vor nicht so langer Zeit widergespiegelt hatten. Jetzt sah es bloß die Umrisse der Reflektion seiner übrig gebliebenen und zerbrochenen Familie im blauen Gewässer.

„Schau mal, Mami, du und Ralf seid im Floß!", rief das Kind.

„Im *Fluss,* mein lieber Junge, im *Fluss.*"

Die Sonne brachte die friedlichen Wellen zum Glitzern. Es blendete den kleinen Jungen, sodass er seinen Kopf in der Hüfte seiner Mutter barg.

„Schau mal, die Möwen!" Der junge Mann zeigte auf die andere Seite der Brücke. Aufgeregt drehte sich das Kind um und lachte, erfreute sich an dem wunderschönen Spektakel, das sich seinen kleinen, unerfahrenen Augen bot. Viele Möwen, deren Augen weit mehr als die des Jungen gesehen hatten, kreisten über dem kristallklaren, blauen See. Weit hinten ragten die schneebedeckten Gipfel der Schwyzer Alpen empor, die sich nur trauten, ihre blassen Gesichter zu zeigen, wenn der Himmel so azur war wie an diesem Tag.

Als die zerbrochene Familie am Limmatquai entlang schlenderte, sah das Kind einen Eisverkäufer neben einem Café stehen.

„Mami, kaufst du mir ein Eis? Bitte?"

„Natürlich, mein Junge. Hier, ich gebe dir etwas Geld. Ralf, möchtest du auch eins?"

„Nein, danke."

Als der kleine Junge ein paar Minuten später mit einem Eis in der Hand zurückkehrte, spiegelte sich so viel Freude in seinen Augen, dass sich seine Mutter plötzlich fragte, wie ein solch bestialischer Scheiß-Krieg wie der 2. Weltkrieg überhaupt entstehen konnte; wie die Nazis so gefühllos verrohen und unzählige kleine Jungen umbringen konnten, die sich von ihrem Sohn nur dadurch unterschieden, dass sie einen kleinen Stern tragen mussten, einen kleinen, bedeutungslosen Stern … Die Mutter war tief gerührt von dem Lächeln, das sich auf die dünnen Lippen des Kindes zeichnete; doch plötzlich hatte sie angesichts dieser natürlichen, unschuldigen Freude, die seinen kleinen dürren Körper durchstrahlte, das Gefühl, als umklammerte eine Hand fest ihr Herz und zerquetsche es. Dieser Schmerz brachte sie zum Weinen und sie vermisste ihren Mann so sehr, noch nie hatte sie diesen Verlust so stark empfunden wie in diesem Moment, ihr Mann, der einst ihre sensible Seele immer gestützt hatte.

Als der Junge die nassen Perlen bemerkte, die ihre rötlichen Wangen herunterliefen, fragte er neugierig:

„Was hast du, Mami?"

Der große Bruder schaute verängstigt in ihre Richtung.

„Nichts, mein Junge. Ich dachte bloß … an den Krieg."

„War es so schlimm?“

„Ja, du kannst Dir nicht vorstellen, wie schlimm es war.“ Die kleine Familie setzte sich auf eine Bank. Hinter ihnen floss die alte Limmat, gleichgültig und monoton. Vor ihnen ragten alte Gebäude, die mehr als einen Krieg überlebt hatten, dessen Narben sie aber noch immer trugen. Der junge Mann schaute auf die wenigen Passanten und es erschreckte ihn, wie viele von ihnen noch immer schreckliche Narben, sichtbare und unsichtbare, vom Krieg hatten. Der Kleine hielt die kalte Hand seiner alten Mutter und verspeiste sein Eis, sorglos. Noch nie hatte er diese Stadt so schön gefunden, noch nie hatte er die Bäume, die Gebäude, den Fluss, die Brücke, den Quai, die Berge, die Vögel, so schön gefunden, noch nie hatte er sein Leben so genossen, genauso wie er die Wärme der kalten Hände seiner Mutter genoss, die ihm ein Gefühl von Geborgenheit, von Sicherheit, gaben. Solange sie bei ihm war, solange er sie sehen konnte, so lange war er in Sicherheit, so lange würde es ihm gut gehen – in dieser Utopie, wo die Sonne schien, die Vögel in den buschigen Bäumen sangen …

g / Der 57 Jahre alte Karl Brüssi stand von jener Bank auf, allein. Dieses Mal hatte *ich* einen Stock, der mir half zu gehen, meinen Weg zu tasten, aber dieses Mal war ich alleine, ohne liebende, gebrochene Mutter, die mir noch Schutz geben konnte, deren Augen ich einst sehen konnte, bevor ich einschlief … Jetzt war ich alleine, ein einsamer, einzelner Mann gegen diese triste und grausame Welt. Jetzt hatte ich nichts mehr. Bloß die vielen Erinnerungen an diesen Limmatquai, es waren nur wenige. Und das war eine der wenigen guten Erinnerungen an diesen Züricher Quai, den ich jetzt nicht mehr sehen konnte. Diese Erinnerungen an meine Mutter wurden geweckt dank der Idee von Glück. Das war etwas Abstraktes, etwas Unwirkliches, das dennoch so viele Menschen am Leben hielt; dessen Spur hatte ich in dem

Lachen der Touristen und in einem viel jüngeren und naiven Ich eben gehört. Aber jetzt hatte ich nichts von dem Glück. Ich wusste kaum noch, was Glück wirklich war. Was war es also, das mich noch am Leben hielt? Die Erinnerungen, dass der Tod nicht so schön war, die Erinnerung an eine stürmische Nacht, hier am Limmatquai, zwei Monate nach meiner Rückkehr aus dieser grünen Hölle, die auch den Namen Vietnam trug?

h / Der Regen stürmte auf den Limmatquai herab, es war so, als würde irgendein Feind unaufhörlich Wasserbomben auf mich schießen. Der Wind heulte, es pfiff zwischen den engen Gassen der Züricher Altstadt. Es war Nacht und kaum jemand traute sich, durch diesen Sturm zu gehen. Ich stand allein im Regen, meine Kleider klebten an meiner Haut, an meiner Seele, sie wollten mich nicht loslassen, sie wollten mich ersticken, eine unbarmherzige Last, wie mein Schmerz, mein Leben, bis ich sie auszog.

Ich konnte hören, wie die Wellen des Sees und der Limmat die Mauern angriffen, aber irgendwie beruhigte es mich, denn dies war viel besser, als die totale, quälende Stille zu spüren, bevor die kleinen Vietnamesen aus dem Nirgendwo auftauchten und uns angriffen.

In meiner rechten Hand hielt ich ein Messer, das ich von zu Hause mitgenommen hatte, bevor ich stolpernd und blind unter der feuchten Nässe meinen Weg hierher fand.

Ich kletterte auf die Bank, nachdem ich sie ertastet hatte, und kniete mich darauf, kleiderlos, schutzlos, ohne die warme Geborgenheit, die ich neben meiner Mutter auf dieser Bank gespürt hatte, zwölf Jahre her, im Jahr 1950.

Das Urteil des Arztes, meines Richters und Henkers, das er vor zwei Wochen kalt und abstoßend gesprochen hatte, drang noch immer in meinen Ohren, wie das unendliche nervenzerreißende Geräusch der Batterien der Soldaten: „Ich fürchte, Herr Brüssi, dass Sie nie mehr sehen können. Es tut mir leid, aber ich kann Ihnen nicht weiterhelfen."

Der Schmerz, der Kummer, das Leid, die Depression, alles kam heraus, als ich mich nach vorne bückte, und meine Seele sich in die kalte Limmat leerte, die ich nie mehr würde sehen können.

Dann nahm ich das Messer, und es näherte sich meinem linken Handgelenk.

Ich erinnerte mich noch sehr gut an diesem Augenblick. Die beißende Kälte und die Nässe; mein Gesicht, das nach Salz schmeckte, die Panik, die Angst, aber auch die Lust und die makabre Vorfreude; die Tatsache, dass ich einfach nicht mehr leben konnte. Ich hatte mich noch immer nicht damit abgefunden, dass ich nichts sehen konnte; es war so, als ob ich andauernd durch eine Welt ging, wo es kein Licht gab, wo alles schwarz war. Ich spürte die kalte Klinge an meinem Handgelenk, die sich schon in meine kalte, durchnässte Haut bohrte … Mein Weinen, das Adrenalin, das wie Gift durch meine Blutgefäße rannte, mein Herz, die Spannung …

Bis ich auf das Messer drückte.

Ein gellender Menschenschrei füllte die dicke Luft.

Ich spürte Hände an meinem Körper, wild, hektisch. Stimmen, wirr, die zu einem nervenden Echo in meinem Ohr wurden. War ich schon tot? War es so schnell, so einfach, gegangen? War ich in der Hölle noch immer blind?

i / Die nächsten Monate vergingen wie ein Traum, ein bizarrer Albtraum, der sich mit der Zeit beruhigte. Alles war wirr, jede vergehende Minute verschmolz zu einem dicken Kloß, ein ungreifbares Etwas. Ich versuchte oft, mich an diese Zeit zu erinnern, aber nur Fragmente, nur kleine, unbedeutende Bruchstücke dieser Zeit tauchten auf.

In diesem Albtraum hatte ich nur Stimmen gehört und das gesehen, was meine Fantasie sich vorstellte. Ich befand mich in einer Art Klinikum oder Heilanstalt. Während dieser schrecklichen Zeit kam niemand zu Besuch, auch wenn mir Besuch erlaubt war. Wer wäre denn schon gekommen? Meine ganze Familie war tot. Meine Freunde waren tot. Die Soldaten aus Vietnam, mit denen ich befreundet war, waren tot. Ich war tot, nichts als eine leere Hülle, die aus grauer, zerrissener Haut bestand. In dieser Hülle war weniger als nichts.

Ich hatte keine Ahnung, wie lange ich dort geblieben war. Mein Todesurteil war am 15. April gewesen. Mein Selbstmordversuch irgendwann später. Ich wusste nur, dass ich eines Tages einen Arzt in der Anstalt nach dem Datum gefragt hatte. Es war der 16. August 1967. Meinen Berechnungen nach war ich ein paar Monate in der Anstalt, oder was immer es auch war, geblieben.

Ich war also 22 Jahre alt. Es war zu früh, um zu sterben. Viel zu früh. Es war das Alter, wo das Leben normalerweise richtig beginnt, aber für mich endete mein Leben mit 22 Jahren.

j / Ich war schon 45 Jahre lang blind. Obwohl ich wusste, dass Zürich sich mit der Zeit sehr verändert hatte, sah ich noch immer den Limmatquai vor meinen Augen, so wie er einst gewesen war, vor fast fünfzig Jahren. Je länger ich blind lebte, desto häufiger liefen Bilder vor meinen Augen ab, wie ein Film, ein Schatten, so, als ob ich sehen könnte. Ich sah die verschiedenen Gebäude, die Bäume, die Brücke, die Limmat, ich sah die verschiedenen Farben, ich versuchte mir vorzustellen, wie die Farben einst ausgesehen hatten; sie berührten mich, wie Schatten, wie Geister, die gelebt hatten, als die Farben noch existierten, in einer Zeit, in der die Menschen schon über eine Nichtigkeit glücklich waren, in der die Bäume noch grün waren, das Wasser noch blau war; nicht wie jetzt, wo alles schwarz war, die Natur, die Menschen, die Schönheit, das Glück, wo alles von einem schwarzen Tuch verdeckt war, und fast niemand hindurch schauen konnte.

Ich ging meinen Weg immer weiter. Ich brauchte mich nicht zu fürchten, irgendwo gegen etwas zu stoßen, wie gegen einen Mülleimer oder eine Mauer, und ich brauchte keine Angst zu haben, mich zu verlieren. Ich benutzte meinen Blindenstock kaum. Ich konnte sehen, obwohl ich blind war.

Als ich wieder zur Quaibrücke kam, musste ich wieder die breite Rämistraße überqueren. Ich stellte mich in die große Menschenmenge, die ungeduldig auf die grüne Ampel wartete. Ich fühlte, wie man mich anstarrte, ich spürte die vielen Blicke. Doch ich war jetzt gewohnt, für eine kurze Zeit jeden Tag plötzlich im Mittelpunkt zu stehen.

Ich hatte schon die Hälfte der Straße überquert, als ich eine Frauenstimme hörte. Ich wusste, obwohl ich sie nicht sah, dass sie mit mir redete.

„Entschuldigung, brauchen Sie Hilfe?", fragte sie gutmütig.

Verdammt, wie ich das hasste! Ich wollte nicht immer im Mittelpunkt stehen. Ich wollte das Mitleid anderer Leute nicht. Ich wollte nicht blind sein. Ich wollte bloß in Ruhe gelassen werden, damit ich friedlich und unabhängig meinen Weg gehen konnte. Aber oft kam eine anscheinend barmherzige, benevolente Person und wollte mir helfen. Aber durch ihre gute Tat blamierten sie mich und machten mich zu einem hilflosen alten Narren.

„Nein, danke, ich komme schon klar", erwiderte ich.

„Sind Sie sich sicher?", insistierte sie.

„Ja", presste ich aus mir heraus, mit der nettesten Stimme, die mir möglich war.

Ich versuchte, schneller zu gehen, was schwer war unter so vielen Menschen. Ich wusste, dass ich fast auf der anderen Seite der Straße angekommen war.

Warum mussten die Menschen so rücksichtslos und blind sein? Gott hatte ihnen die Sicht geschenkt, und statt darüber glücklich zu sein, benahmen sie sich wie Blinde, zerstörten ihre ganze Welt, das ganze Leben, *ihr* ganzes Leben, ohne es zu sehen. Und anstatt Blinden wirklich zu helfen, indem sie uns in Ruhe ließen, statt uns als Außenseiter zu blamieren, zerstörten sie auch unser Leben. Ich war der Einzige in der Menschenmenge, der sehen konnte.

k / „Kommen Sie, ich helf' Ihnen", sagte die Frau. Sie griff nach meinem linken Arm und wollte mir helfen. Ich versuchte mich loszureißen und wollte fliehen. Ich lief voran, so gut ich konnte, ohne auf die anderen Menschen zu achten, noch immer auf dieser verdammten Quaibrücke. Ich spürte aber ihre Hände; ihre benevolenten Hände, die ich so verabscheute.

Die ganze Situation war verfahren, ich dachte in diesem Moment nur ans Entkommen; so, als wäre die nette Dame, deren Aussehen ich mir nur vorstellen konnte, mein Feind. Ich spürte die Blicke der anderen Menschen, die einem verwitterten alten blinden Narren zusahen, der der angebotenen Hilfe entkommen wollte. Ich hörte noch immer die Frau, die mir helfen wollte, und auch andere Stimmen, die ich ignorierte. Und ich stolperte über den Rand des Bürgersteigs.

Ich fiel zu Boden, genauso wie meine schwarze Brille und mein Stock.

Noch immer drang diese Stimme in meinen Kopf, laut und pochend: „Entkommen! Entkommen!"

Ich hörte Lachen, verwunderte Ausrufe, Stimmen, die nach mir riefen, während ich noch immer auf dem kalten Asphalt lag. Ich hörte die Busse und die Autos, die stockend hinter mir vorbeifuhren.

Ich versuchte noch immer, dieser Hölle zu entkommen. Ich kroch vorwärts, ohne zu wissen, wohin, ohne meinen Stock, ohne meine Brille, ohne Würde, ich spürte Hände, diese verdammten Hände, die versuchten, mir zu helfen, und ich kroch weiter und weiter auf der Brücke, außer Atem, außer Fassung, und ich kroch noch immer weiter und weiter …

2. kapitel / karl brüssi

a / Ich spielte die letzten Akkorde auf dem Klavier, langsam, spannend. Dann machte ich eine Pause, eine Atempause, und dann begann der schnelle Teil. Meine Finger liefen über das Klavier, ohne dass ich sie sehen konnte, sie liefen über kleinen Tasten, eigenständig, ohne einen einzigen Fehler zu machen. Ich war in Ekstase, ohne an irgendetwas zu denken, ohne auf meine Finger oder meinen rechten Fuß, der die Pedale bediente, zu achten; alles ging von allein, ein breiter, fließender Fluss, ich genoss den fantastischen Klang der verschiedenen Harmonien, die Claude Debussy in sein *Clair de Lune* eingebaut hatte. Es war meiner Meinung nach eines der schönsten Lieder aller Zeiten. Ich, als Blinder, hatte über zwei Monate gebraucht, um es so spielen zu können, wie ich es jetzt tat.

Jeden Tag gaben mir diese magischen Klänge eine Gänsehaut. Ich konnte mir eine Welt ohne Musik nicht vorstellen. Ich konnte mir ein Leben als Tauber nicht vorstellen. Die Musik war das, was mich am Leben hielt. Wäre ich taub, dann hätte ich garantiert Selbstmord begangen.

Musik, besonders die von Debussy, war für mich das Schönste überhaupt. Sie stammte aus einer anderen Welt, einer Welt, in der es keinen Hass, keine Gewalt und keinen Tod gab. Jedes Mal, wenn ich Klavier spielte, ließ ich mich gehen und für ein paar graziöse Momente flüchtete ich aus dieser Welt der Verdammnis und schwebte in ein Paradies, weit weg von den Erinnerungen und der kühnen Grausamkeit einer Welt, die leider zu viele Menschen kannten …

Ich kam zum Ende des Opus. Mit der rechten Hand spielte ich ein hohes F-Moll, machte eine kurze Pause, die eine spannende Wirkung hatte und sich dann in den kristallklaren finalen Akkord auflöste.

Kaum hatte ich den *Mondschein* fertig gespielt, begann ich, noch immer in Ekstase, Tschaikowskys *Jahreszeiten* zu spielen, und zwar *Juni*, für mich das zweitschönste Klavierstück aller Zeiten.

Es waren diese Momente am Klavier, die ein helles Silber in meinen schwarzen Alltag zeichneten. Jeden Morgen, wenn ich aufstand, freute ich mich nur darauf, wieder Klavier spielen zu dürfen. Mein *Steinway & Sons* war mein bester Freund. Ich konnte mir mein Leben ohne dieses kostbare Instrument nicht vorstellen. Es war für mich das Wertvollste, das ich besaß. Leider konnte ich mir nur vorstellen, wie es aussah, denn ich hatte es nie sehen können. Ich wusste nur, wie es sich anfühlte; meine Finger kannten es gut, die nicht so glatten, sanften Tasten, die so einfach und angenehm zu spielen waren, der kühle, große Deckel, auf dem ich oft meine Finger gleiten ließ, so als würden sie über den warmen, weichen Oberkörper einer Frau streichen, während ich Tschaikowskys gefühlvolle Melodien hörte, und …

Plötzlich klingelte es an meiner Tür.

b / Ich sprang auf. Die Klingel zog mich zurück in die reale Welt, in der ich nur ungern lebte, weit weg von meinen täglichen Träumen. Ohne zu zögern, ging ich in Richtung Tür, fand den Türgriff und sperrte auf.

„Hallo, Laura.“

„Das war ja schnell. Woher wusstest du, dass ich es bin?“

Seit unserer ersten Begegnung duzten wir uns. Laura hatte förmlich darum gebeten, denn ich hätte sie ansonsten noch immer Frau Stucki genannt.

„Ihr … *dein* Parfum hat dich verraten.“

„Parfum? Ich habe seit gestern Morgen kein Parfum mehr aufgetragen.“

„Tja, Laura, was ich nicht sehen kann, das kann ich hören … oder eben riechen.“

Sie kam herein, machte die Tür zu, wie immer, und legte die Einkäufe in die Küche.

„Und wie fühlst du dich heute?"

Sie stellte immer diese Frage, obwohl sie ganz genau wusste, dass ich sie (die Frage) hasste. Besonders das vertrauliche *du* gab mir das Gefühl, als würde sie mit einem kleinen Kind reden.

„Blind," erwiderte ich kühn.

„Ach, wirklich?"

Sie fing an, die Einkäufe aufzuräumen.

Mit Ironie in der Stimme seufzte ich:

„Ach, was wäre ich ohne dich …"

Sie antwortete nicht. Aber ich wusste ganz genau, was sie dachte: *ein hilfloser alter Sack*. Ich wusste, wie die jungen Leute des 21. Jahrhunderts dachten. Sie war bestimmt nicht da, weil sie ihrem Herz folgte, oder weil ich ihr leidtat. Ich war nicht blind. Ich wusste, dass in dieser bestialischen Welt des Kapitalismus man alles tat, um nur an ein bisschen Geld zu kommen. Man tötete Menschen, man folterte Tiere, man zerstörte seine Umwelt, man half hilflosen alten Säcken.

Ich wusste, dass ich recht hatte, ihrer Benevolenz zu misstrauen; ich wusste, dass sie nur widerwillig hier war, nur weil sie mich als eine große Anhäufung Geldscheine ansah, dennoch hoffte ich immer, mich in ihrem Fall zu irren.

Wir mochten uns nicht richtig, dennoch kam sie mehrmals die Woche zu mir mit den üblichen Einkäufen, und ich bot ihr dann täglich etwas zu trinken an. Heute wollte sie einen Amaretto haben. Ich suchte nach zwei Gläsern aus dem mittleren Regal des Schrankes, dann nahm ich die eckige Amaretto-Flasche, die Dritte von links auf dem oberen Regal.

„Bitte schön", reichte ich ihr das Glas.

„Danke", erwidere sie mit einem Lächeln, das ich heraushörte.

„Das war ja schnell."

„Ja, ich weiß ganz genau, wo alles sich befindet", lächelte ich zurück.

Wir redeten ein bisschen weiter, über Musik, das Wetter, die übliche Plauderei und der unmittelbare Klatsch und Tratsch, die mir bestätigten, dass jedes Mädchen und jede Frau gleich waren. Die Zeit verging, wie viel, das wusste ich nicht, denn ich hatte absolut kein Zeitgefühl, aber ich wusste nur, dass sie plötzlich sagte:

„Weißt du was, ich mache jetzt das Abendessen."

c / Dieser Satz, dieses nette Angebot, löste unmittelbar eine Art Alarm in mir aus.

„Nein." Es kam hart, kalt und gefühllos aus mir heraus, es klang sogar ein bisschen wütend. Ich fand es abstoßend, ich konnte es überhaupt nicht leiden, dass jemand mir Hilfe anbot. Ich war blind, das gab ich schon zu, aber ich war ein erfahrener Blinder; ich war unabhängig und kam problemlos immer klar. Dennoch bot man mir immer Hilfe an, so, als wäre ich ein hilfloser Veteran, ein runzeliges Gemüse, das nach 45 Jahren noch immer nicht wusste, was es tun sollte. Warum mussten die Menschen so blind sein?

Auch Laura war blind. Sie bestand noch immer darauf, das Abendessen zu kochen; so, als ob ich nicht kochen konnte, so, als ob sie meine Frau wäre.

„Komm schon, lass mich es machen."

Später, viel später, würde es mir auffallen, dass dies einer der wenigen Momente war, als Laura wirklich benevolent und barmherzig gewesen war, und dass ihre Taten nicht mit Schweizer Franken zu rechtfertigen waren. Aber jetzt war ich bloß von meiner sinnlosen Wut überwältigt.

„*Nein,* danke!", äußerte ich energisch.

Aber sie insistierte weiterhin. Ich hörte, wie sie meine Schränke aufmachte, und aus einer dieser offenen Türen fiel meine Fassung.

Ich griff sie am Arm.

„Verdammt noch mal, sind Sie taub oder was? Ich sagte, ich möchte *nicht, dass Sie für mich kochen!*"

Könnte ich sehen, dann hätte ihr Gesichtsausdruck mein Herz in Hunderte von Puzzlestücke zerrissen, und ich hätte Monate gebraucht, um sie wieder zusammenzufügen.

Sie entzog sich bloß meinem Griff, ich hörte dann, wie ihre Absätze hart auf die Plättlis krachten, und bevor meine Haustür energisch zugeschlagen wurde, schrie sie, verletzt, mich verletzend:

„Karl, wie können Sie bloß solch ein unsensibler, alter ... *Idiot* sein?"

d / Ich stand noch immer da, außer Fassung, den Mund halboffen, bis ihre Worte mein Gehirn erreichten und sie auf mich wie eiserne Fäuste einschlugen.

Mein Selbstwertgefühl sank weit unter null. Stefanie hatte mich abstoßend gefunden und Laura hatte mich als Idiot bezeichnet. Was war bloß los mit mir? Warum war ich überhaupt so, warum konnte ich nicht mit Frauen reden? Laura wollte mich nicht blamieren, sie wollte nur irgendwie nett sein. Man bat oft Leuten Hilfe an, auch wenn man wusste, dass sie es auch selbst tun könnten. Es war eben höflich. Und dieses pathetische Drama auf der Brücke – die Frau wusste ganz genau, dass ich auch ohne sie gut klarkommen würde, und anstatt höflich zu sein und ihre Hilfe anzunehmen, hatte ich mich selbst mehr als nur blamiert. Verdammt, ich konnte nicht mehr so, wie ich war, auf die Brücke gehen. Man würde mich wieder erkennen, und ich würde Mittelpunkt des Hohns und des Spotts sein.

Und ich wusste gerade in diesem Moment, als Lauras Stimme noch immer zwischen meine Ohren drang, dass ich nicht mehr so sein wollte, wie ich war. Ich hasste mich, mein pathetisches

Leben, meine Blindheit, *mich*. Ich wollte nicht mehr Karl Brüssi sein. Ich wollte wie die anderen Menschen sein.

Ich wollte blind werden.

3. kapitel / heinrich lommerlin

a / Ich stand am nächsten Morgen wortwörtlich als ein neuer Mann auf. Meine Einstellung des vorigen Abends hatte sich während dieser turbulenten Nacht nur verstärkt. Ich konnte ganz einfach meine Identität als alter Blinder nicht mehr aushalten. Ich konnte das Leben Karl Brüssis nicht mehr ertragen. Mein Ruf war schon zerstört; nur Gott wusste, was Stefanie, Laura, die Frau und die Menschen auf der Quaibrücke, über mich dachten. Ich war nicht mehr Karl Brüssi. Ich musste ihn vergessen, eine Rolle, die ich unfreiwillig fast mein ganzes Leben lang gespielt hatte, eine dreckige Unterhose, die ich auszog, um in eine neue und noch saubere zu schlüpfen, ein alter Hut voller Löcher, den der Wind jetzt über die sieben Meere fliegen lassen würde … Ich hatte 62 Jahre lang für nichts gelebt. *Nichts!* Etwas so Abstraktes, dass ich es nicht mal in der Hand halten konnte. Das war man früheres Leben, mein damaliges Ich, das jetzt zu einem unbedeutsamen "es" wurde. Ich konnte meine Blindheit nicht mehr ertragen, darum wollte ich blind werden wie die anderen Menschen auf dieser Welt. Ich wollte wie sie werden, ein kleiner, farbiger grauer Punkt in einer enormen Menschenmasse. Ein konventionelles Nichts, eine ganze Welt bedeutend, dennoch so unbedeutend wie die anderen Menschen. Ich sehnte mich danach, normal zu werden, so anormal wie die anderen Menschen dieser Welt.

Ich hatte überhaupt keinen Plan, keine Ahnung, was ich tun sollte, oder wie ich handeln würde. Mein neuer Name, mein neues Aussehen, alles blieb noch im Dunkeln. Ich wusste nicht einmal, in welche Rolle ich nun schlüpfen würde. Ich wusste nur, dass ich nicht mehr ein blinder, alter Sack sein würde, und dass ich genauso ein graues Schaf wie die anderen Menschen sein wollte. Ich würde jetzt rausgehen in diese Welt, die ich kannte, die mich aber nicht kannte, und improvisieren. Das war nämlich genau das, was ich wollte. Ein neues Leben. Ein neues und besseres Ich. Und vor allem Vorfreude an etwas Neuem, etwas, was garantiert besser sein würde. Und natürlich diese Spannung, dieses seit Langem Ersehnte, das Farbe in das monotone, immer dunkler werdende Grau meines vorigen Lebens bringen würde.

Ich stand auf, aus meinem warmen Bett kletternd, und zog mich an, problemlos, wie jeden Tag. Hose, Hemd, Schlips, Anzugjacke. Ich hörte, wie der Regen leise gegen mein Fenster trommelte, so, als wollte er hereinkommen, ohne das Glas zu sehen, und versuchte durch diese unsichtbare Mauer einzudringen. Es war ein gewöhnlicher Herbsttag; ich nahm auch wahr, wie der Wind den schwachen Regen zwang, in die Richtung zu fallen, die *er* wollte. Es war eines der vielen Naturgesetze, das genauso gut für die Naturwelt als für die der Menschen galt: Der Stärkere gewann immer, er hatte Vorrang, er hatte die Rechte und er befahl den Schwächeren, was sie tun sollten. Es war kein Pessimismus meinerseits, der mich zwang, die Welt so zu sehen, wie sie war; sondern es war pragmatischer, stoischer Realismus. Sogar ich, als Blinder, war mir dieses Naturgesetzes bewusst.

Wie gesagt, es war ein gewöhnlicher Herbsttag. Ein gewöhnlicher Tag für die paar Milliarden Menschen, die sich diesen kleinen Planeten teilten, aber für mich war es der ungewöhnlichste Tag meines Lebens. Und dieses Mal war es optimistisch, also positiv, gemeint. Es war eine Art Wiedergeburt für mich. Die Wiedergeburt meines Glücks. *Meine* Wiedergeburt.

b / Ich machte kurz das Frühstück und saß am Tisch, alleine, ohne zu sehen, was ich zubereitet hatte. Dieses Mal machte ich nicht mal das Fernsehen an, um ein bisschen Gesellschaft zu bekommen. Ich war, wie immer, in meine Gedankenwelt verloren. Ich stellte mir vor, wie es sein würde, eine Frau zu haben, eine richtige Familie zu haben, und Vater zweier Söhne zu sein, die erfolgreich ihr eigenes Haus in Luzern oder in Winterthur oder irgendwo in der Nähe hatten. Ich würde dann hier am Tisch sitzen, meine Frau, die vielleicht Camilla hieß. Sie würde dann hereinkommen, noch im Pyjama, mir einen großen Kuss auf die Wange geben, dann ein leckeres Frühstück zubereiten und wir würden es dann beide zusammen essen, glücklich redend, wie normale Menschen, dann würde ich zur Arbeit fahren, um mich dort, unter vielen Menschen, zu langweilen, anstatt alleine den ganzen Tag durch diese für mich unsichtbare Stadt zu irren …

Ich stand auf. Vielleicht würde sich mein Leben von heute an verändern, zum Guten, hoffentlich … Ich zog meine schwarze Brille aus und legte sie auf den Tisch. Es fühlte sich irgendwie komisch an. Es war so, als würde ein Teil von mir fehlen. Diese ewige Last, die von nun an nicht mehr auf meiner Nase, auf meinem Kopf, ruhen würde. Das war schon eine erste Veränderung, ein erstes Zeichen meines neuen Lebens. Meine Brille, diese Last, die ich erst spürte, als sie nicht mehr da war, hatte ich ausgezogen und zusammen mit ihr zog ich meine alte Haut, mein altes, qualvolles Leben, aus wie ein altes, fleckiges Hemd, das ich nicht mehr säubern und gebrauchen konnte.

Nachdem ich mein Gesicht und meine Zähne mit lauwarmem Wasser gereinigt hatte, ging ich zurück in mein Schlafzimmer. Ich machte den Kleiderschrank auf und auf dem oberen Regal, ganz hinten, tastete ich nach etwas, das ich seit fast fünfzig Jahren nicht mehr getragen hatte. Ich wusste noch immer, wo es lag, und ich konnte mich nie davon befreien, ich hatte es nie fertiggebracht, es wegzuwerfen. Es war eine der seltenen materiellen Erinnerungen, die ich noch übrig hatte, die aus der Zeit vor meiner Erblindung, vor Vietnam, stammten. Es war ein alter Hut, so wie die Cowboys im Süden der Vereinigten Staaten ihn trugen. Ich sah mich, als jungen Mann, stolz mit diesem braunen ledernen Hut durch die Straßen Zürichs spazieren, noch sorgenlos, glücklich, noch nicht blind, ohne zu ahnen, was mich in naher Zukunft, dank meines Humanismus, freiwillig nach Vietnam zu fliegen, erwartete. Meine Blindheit war der Preis meiner Benevolenz, meiner Gutmütigkeit. So funktioniere diese Welt; je mehr man versuchte, den Menschen zu helfen, desto mehr litt man, desto mehr wurde man bestraft. Wer bestrafte uns überhaupt? Gott? Luzifer? Irgendetwas anderes?

Ich hatte keine Ahnung. Aber wovon ich Ahnung hatte, war, dass, als ich meinen Hut aufsetzte, da strömte das Glück wieder in mich hinein. Der Hut war mein neues Ich, meine neue Haut, die Kompensation meiner schwarzen Brille. Ich spürte, wie die guten Geister der Vergangenheit um mich herumtanzten, wie sie mir wieder zeigten, was Glück und Zufriedenheit bedeuteten. Es war so, als würde unter der dicken Staubschicht meine Seele liegen, alt, aber gesund, als würde das Leben wieder durch meine Adern fließen.

Es war so, als wäre Karl Brüssi neugeboren worden.

c / Ich öffnete meine Haustür, und ich wand mich, als neuer Mensch, dieser alten gottlosen Welt entgegen. Es hatte aufgehört zu regnen. Die Sonne hatte sich zwischen ein paar dicke Wolken gepresst, dennoch spürte ich, dass ihre scheuen Strahlen mein kaltes, graues Gesicht, trotz meines Huts, erwärmten. Vor allem spürte ich dieses neue Gefühl, als das Bündel Farben, die ich nicht sehen konnte, vom Himmel herunter schien und meine Augen, dieses Mal ohne Brille, die sie abstieß, sanft berührte.

Ich machte den ersten Schritt, dann den zweiten, dann folgten allmählich die anderen. Meinen Stock hatte ich noch immer vorsichtshalber dabei, aber die Passanten, falls sie mich sahen, würden ihn als Gehstock, und nicht als Blindenstock, interpretieren. Ich hoffte bloß, dass man mich nicht wiedererkannte. Ich konnte ja gar nicht sehen, wie viel oder wie wenig ich mich verändert hatte. Ich wusste ja nicht mal, ob mein Aussehen sich überhaupt verändert hatte. Aber ich wusste, dass ich jetzt nicht mehr wie ein Blinder aussah, sondern wie einer von ihnen. Also würden sie mich wahrscheinlich gar nicht beachten, ich war jetzt bloß einer von den Tausenden blinden Menschen, die sehen konnten.

Ich spürte keinen großen Unterschied. Ich konnte noch immer nicht sehen, ich musste also noch immer meinem Herzen und meinem Instinkt folgen, um den Weg nach irgendwo zu finden. Der einzige wahre Unterschied war, dass ich wie jeder andere Mensch aussah. Was sich wirklich verändert hatte, war mein Inneres; etwas, das tief in den Käfig meiner Brust eingesperrt war, war jetzt irgendwie anders geworden.

Allmählich gelang ich wieder zur Quaibrücke. Ich spürte, dass die Menschen mich jetzt gar nicht beachteten. Es war schon ironisch – es gab Menschen, die alles taten, um Aufsehen zu bekommen und im Mittelpunkt zu stehen, und es gab dann solche Eigenbrödler wie mich, die alles taten, um ignoriert zu werden. Ich hatte also mein Ziel erreicht; jetzt war ich bloß ein Mensch unter vielen, ein Bruchteil eines Ganzen, ein Puzzlestück, das zum Bild gehörte, aber nicht richtig passte. Ich war nicht mehr der Hirte, auf den alle Schafe schauten; ich war jetzt auch genauso ein kleines, wolliges Schaf. Und der Hirte? – Ich wusste es nicht, und es kümmerte mich kein bisschen.

Ich ging langsam voran; ein alter Mann, dessen Muskeln nicht mehr richtig funktionierten und der das schöne Wetter genoss, um einen Spaziergang zu unternehmen. So sahen mich die Menschen wahrscheinlich an. Ich war überglücklich, aber es war keine Freude, die mich wie ein Blitz traf und mich momentan erstarren ließ, bis dann alles wieder unglücklich normal wurde, sondern ein Glücksgefühl, eine Freude, die lange, sehr lange, andauern würde, ein Gefühl, das ich schon seit viel zu langer Zeit nicht mehr gehabt hatte und das leider viel zu wenige Menschen erfuhren. Ich war froh, noch zu wissen, was dieses Gefühl bedeutete.

Verdammt, ich war fast bereit, mich krankzulachen und herumzuspringen, mich vor lauter Freude einfach loszulassen. Aber dann würde ich wieder im Mittelpunkt stehen.

Alles lief, wie ich es gewollt hatte. Eigentlich lief gar nichts, aber alles war genauso, wie ich wollte. Meine Wiedergeburt, mein neues Glück, das Ignorieren der Menschen ... Es war alles wie ein Traum, eine Traumwelt, die ich jetzt erforschen würde, eine Traumwelt, die der Realität entsprach, eine utopische Traumwelt, die ...

„Hey! Passen Sie auf!", schrie mich jemand an.

Ich glaubte, dass ich mit meinem Stock jemandem ins Schienbein geraten war.

Ein Lächeln meinerseits sollte als tollpatschige Entschuldigung gelten, aber anscheinend reichte es bei dem Mann nicht:

„Verdammt noch mal, sind Sie blind oder was?!"

Ich fing an zu lachen, voller Freude, träumend, verrückt, hysterisch: „Ja! Ich bin blind, ha ha ha! Ich bin *blind* ..."

„Hey, was haben Sie für ein Problem, Sie ..."

„Komm, Theo", unterbrach ihn eine Frauenstimme, „lass ihn in Ruhe." Ich hörte, wie ihre Stimmen leiser wurden, bis sie sich schließlich mit den anderen Geräuschen der Großstadt vermischten. „Er ist bloß ein alter Mann."

„Ja, und dein *alter Mann* ist mir voll ins Schienbein geraten, der verdammte alte ..." Ich hörte die Stimme nicht mehr.

Das waren die archetypischen jungen Leute von heute. Sie hatten überhaupt keinen Respekt mehr ... Und ich wollte wie einer von ihnen aussehen?

Ich stand noch immer da, auf dieser Quaibrücke, schon wieder unfreiwillig in den Mittelpunkt geraten. Ich lachte noch immer, obwohl es nichts zu lachen gab; dieses mir fast völlig neue Gefühl des Glücks war für mich wie eine Art Droge. Ich lachte und lachte.

Und während ich lachte, noch immer auf dieser Brücke, noch

immer im Mittelpunkt, noch immer in meiner realen Traumwelt, fiel mir ein Name ein: Heinrich Lommerlin.

Und in diesem Moment wurde mir klar: Dies würde meine neue Identität sein.

In meiner Traumwelt, in die reale Welt der Anderen – mein Name sei Lommerlin.

4. kapitel / neuland

a / Ich überquerte dann wieder die Quaibrücke, und ging, wie gewohnt, den geliebten, aber oft auch gehassten, Limmatquai entlang. Nachdem ich die Brücke überquert hatte, ignorierte man mich wieder. Das Pärchen sowie die Menschen um mich hatten mich bestimmt schon vergessen. Die anderen Touristen, die auch auf dem Limmatquai spazierten, nahmen mich als einen von ihnen wahr. Man beachtete mich gar nicht. Alles lief also wie im Traum, wie in meinen Vorstellungen. Ich erweckte nun kein falsches Mitleid mehr, höchstens spielte ich weiter meine Rolle als "Abstoßer" – ich stieß die jungen, (ehr)geizigen Menschen davon ab, alt zu werden. Aber das kümmerte mich keineswegs.

Die Menschen redeten weiter; ich hörte schweizerische und deutsche Dialekte, aber auch Französisch, Italienisch, und sogar ein bisschen Englisch. Die Straßenbahnen fuhren im fünfminütigen Takt entlang des Quais vorbei und transportierten Leute an Orte dieser Metropole, in der ich noch nie gewesen war. Das normale Leben ging also weiter, außer für mich.

Fast zwang mich mein instinktiver und gewohnter Impuls, in den "Fliegenden Hirsch" zu gehen, und als ich fast an der Tür angekommen war – zumindest dachte ich es – hielt ich inne. Dieser Tag, dieser 18. Oktober 2007, sollte doch *der* Tag werden, der Tag meiner Wiedergeburt, der Tag meines neuen Lebens, sein, nicht? Also sollte ich doch versuchen, Innovationen in mein Leben einzubauen, zu improvisieren. Ich wollte doch endlich Farbe in das ewige Grau tupfen, mein Leben interessant und traumhaft gestalten. Ich brauchte etwas Neues. Also sollte ich doch auf die Suche nach Neuheiten gehen.

Ich musste mich von meinen langweiligen Gewohnheiten befreien. Ich musste von nun an eifrig nach Neuland suchen; in neue Straßen gehen, die ich nicht kannte, neue Cafés besuchen, neue Leute kennenlernen …

Das Problem war nur: Ich sah nicht mehr blind aus, dennoch war ich es noch immer. Ich musste also *versuchen*, Neuland zu entdecken, genauso wie neue Cafés und so weiter, dennoch musste ich darauf achten, mich nicht in dieser Millionenstadt zu verlaufen. *Das* wäre nämlich eine Veränderung. Vielleicht würde ich es sogar mögen, mich, ganz alleine in ein Viertel, das ich nicht mal kannte, zu verlaufen …

b / Irgendwo zu meiner Rechten klingelte eine Glocke. Das Geräusch kam von fern her, von weit oben, so, als würde ein Engel sie läuten. Die helle Melodie übertönte für ein paar glorreiche Momente alle anderen Geräusche. Zumindest klang es für mich so. Die anderen oberflächlichen ketzerischen Leute um mich herum nahmen dieses himmlische Geräusch kaum wahr, und wenn schon, dann ging es ihnen auf die Nerven. Ich sah vielleicht wie sie aus, aber innerlich war ich anders. Innerlich konnte ich ganz gut sehen, während die meisten von ihnen blind waren.

Wahrscheinlich war es das Großmünster, also befand ich mich noch immer auf dem sehr langen Limmatquai.

Ich wusste auch, dass die meisten von ihnen das wunderschöne Münster mit seinen beiden gleich großen Türmen gar nicht sahen. Ich wusste das, weil auch ich, als junger Mann, genauso wie sie gewesen war. Auch ich war als stolzer Jüngling mit meinem ledernen Hut diesen Quai zigmal entlanggegangen, ohne das Münster zu beachten, ohne die kulturellen Highlights oder die schönen, alten Gebäude zu sehen; ich war als Zwanzigjähriger zu stolz und zu blind gewesen, um dankbar zu sein, dass ich überhaupt sehen konnte. Ich war froh gewesen, endlich ein Mann zu sein, und anstatt von den kulturellen Schätzen zu profitieren, hatte ich mich als Blinder benommen. Und jetzt, als ich wirklich blind war, wollte ich wirklich sehen, tat sogar so, als ob ich sehen konnte, und wollte *jetzt* den wunderschönen Limmatquai betrachten. Ach, diese gottlose Vergänglichkeit aller Dinge …

Und doch hatte ich als junger Mann dieses Münster einmal richtig gesehen. Es war ein paar Jahre nach meinem Militärdienst und einen Tag vor meinem Abflug. Ich hatte vor dem Münster gestanden, auf dem Zwingliplatz, und hatte dieses Gebäude genau angesehen, als letztes Andenken an diese Stadt, bevor ich den Kontinent verlassen würde. Ich hatte es angestarrt, fromm, leicht verängstigt, es als großen Bruder, als vertraulichen Schutzengel betrachtet, ohne zu ahnen, dass ich dieses vernarbte Gebäude nie mehr sehen würde.

Am Tag danach war ich nach Amerika geflogen, und hatte das Münster völlig vergessen. Und von Amerika aus war ich freiwillig nach Vietnam, die grüne Hölle, den Ort meiner Hinrichtung, geflogen.

c / Ich glaubte, dass ich seit fast fünfzig Jahren noch nie so weit gegangen war. Ja, ich befand mich noch immer, glaubte ich, an dem langen Limmatquai. Dennoch hatte ich mich noch nie so weit getraut.

Ein Velofahrer zischte an mir vorbei. Ich hörte, wie seine zwei Räder mit Schnelligkeit auf den harten Quai fuhren. Ich vermisste die Zeit, als ich noch mit dem Velo gefahren war, quer durch Zürich, in einer Zeit, wo man als Jugendlicher noch frei herumlaufen konnte, ohne zu befürchten, unterwegs von einem Verbrecher gefasst zu werden. Es war ein Gefühl von Freiheit gewesen; der Wind war durch meine Haare gefahren und hatte meine noch sanfte Haut mit seinen sanften Fingern berührt … Ich vermisste diese schöne Zeit sehr, wo ich mich noch als ein Jemand gefühlt hatte, immer lässig und mit einem Lächeln; ich glaubte, "cool" sei das neue Wort, das man heutzutage benutzte, um meinen damaligen Zustand zu beschreiben. Ich,

unzertrennlich mit meinem Hut und meinem brandneuen Velo.
Ich erinnerte mich noch, wie meine Mutter immer das deutsche Wort "Fahrrad" dafür benutzte, aber ich, als dickköpfiger Jugendlicher, hatte immer darauf bestanden, das lokale Wort "Velo" zu benutzen. Und ich tat es noch immer …

Wie sehr ich meine Mutter vermisste … Ach, diese gottverdammte Vergänglichkeit. Die Vergänglichkeit von allem, was man liebte, seine Familie, die Schönheit, die Freude … Ach, diese Melancholie …

Ja, das war ich. Ich wollte ein neues Leben beginnen, voller Freude und voller Glück, dennoch hingen die Geister der Vergangenheit, *meiner* Vergangenheit, noch fest in meiner alten zerlöcherten Seele. Ich war verroht, blind und alt, dennoch wusste ich leider noch immer, was Gefühle bedeuteten. Ich glaubte, das war es, was mich von den meisten anderen Menschen unterschied – ich nahm meine Umwelt richtig wahr, ich nahm alles wahr; ich konnte das sehen, was die anderen Leute nicht sehen konnten. Aber ich fragte mich oft, wessen Leben besser war. Meines oder ihres? Das hing oft von meiner Laune ab. Manchmal fühlte ich mich besser als die anderen Menschen; manchmal fühlte ich mich wie ein stinkendes Exkrement.

Ein frischer Wind kam auf. Heute blies er nicht durch meine Haare, denn ich trug den Hut meiner Jugend. Dennoch erfrischte er meine Gedanken.

Ich wusste nicht mal, wie viel Zeit vergangen war, seitdem ich meine Wohnung verlassen hatte. Wie gesagt, ich hatte absolut kein Zeitgefühl mehr. Mir schien es, als sei sehr viel Zeit vergangen, aber ich glaubte nicht, dass ich so weit gegangen war. Ich spazierte sehr langsam. Dennoch war ich noch nicht hungrig, also konnte nicht so viel Zeit zwischen meinem einsamen Frühstück und jetzt liegen.

Ich fragte mich, was Stefanie denken würde, wenn sie merken würde, dass ich den ganzen Tag nicht in ihr Lokal gekommen war. Vielleicht würde sie es gar nicht merken, obwohl ich seit Jahren Tag für Tag Gast bei ihr gewesen war, denn sie war nicht so viel anders als die anderen Menschen. Oder doch?

d / Plötzlich hörte ich viele starke Geräusche. Es klang nach Autos, und vielleicht ein paar Motorrädern und Bussen. Ich war also einer Hauptstraße nahe gekommen. Es schien mir, als komme dieser Lärm von allen Seiten. War ich etwa in der Mitte einer Straße, oder eines Kreisverkehrs?

Die Panik ergriff mich.

Ich hielt plötzlich inne.

Mein Herz raste und pochte wie wild in seinem Gefängnis.

Ich spürte dann, wie etwas gegen meinen linken Arm stieß.

Mein Herz blieb stehen.

Schmerz tränkte meine linke Seite.

5. kapitel / hauptbahnhof

a / „Hey!", schrie eine Frauenstimme neben mir. Eigentlich war es kein Schreien, bloß ein Ausruf der Verwunderung, dennoch schien es mir so, als wäre es ein Schreien. Es genügte aber, mich von meinem Schock zu befreien.

„Ent… Entschuldigung", stammelte ich.

„Ist kein Problem", lächelte die nette Dame.

Ich war so blöd – ich hätte es wissen sollen. Kein Auto hatte vorher gehupt, und ich hatte auch leise Stimmen um mich gehört; ich hatte mich also noch immer auf dem Bürgersteig befunden. Es war einfach das Gefühl von zu viel Neuland um mich, das mich plötzlich in einen Megalomanen verwandelt hatte, und ich nahm alles übertrieben wahr. Ich hatte dann in meiner Panik innegehalten, und eine Frau aus der Menge ist mit ihren Einkäufen dann in mich gestoßen.

So viel zum Thema Spannung im Leben.

„Geht es Ihnen gut?", weckte die Frau mich aus meinen Gedanken. „Sie sehen bleich aus."

„Ja, natürlich gehr es mir gut, danke", lachte ich zurück.

Die Frau verschwand dann wieder.

b / Ich war wieder glücklich. Es war so schön, als normaler Mensch behandelt zu werden. Das Wort ”normal“ war relativ gemeint, denn wer war schon normal? Es gab keine zwei Menschen, die gleich waren, also wer von den beiden war denn normal? Meiner Meinung nach war jeder Mensch anormal. Ich hatte Stefanie einst gefragt: „Definieren Sie für mich mal, was Sie als ‚normal' betrachten." Darauf hatte sie nichts zu antworten gewusst.

Es war trotzdem schön, als ”Mensch“ behandelt zu werden, und nicht als Blinder falsches Mitleid aufzusaugen. Man sah mich jetzt als einen von ihnen an, und nicht als schwarzes Schaf. Innerlich war ich noch immer ein schwarzes Schaf, aber es war ja das Aussehen, das zählte.

Mein Traum war langsam in Erfüllung gegangen. Ich hatte alles in ein paar Stunden bekommen, was ich wollte. Spannung, Neuland und eine normale Behandlung.

Dieses wunderbare Zürich hatte sich als meine Traumwelt entpuppt.

c / Ich wusste noch immer nicht, wo ich mich befand. Aber es war jetzt viel zu spät, um umzukehren. Ich musste weitergehen. Wohin, das wusste ich noch nicht, aber es war wie im wahren Leben: Man musste und konnte nur nach vorne gehen.

Plötzlich entdeckte mein Stock ein Loch. Wieder hielt ich inne. Dieses Mal stieß niemand in mich.

Das Loch entpuppte sich als der Rand des Bürgersteigs. Dort war also die Straße.

Ich entschied mich dann spontan, links einzubiegen. Zu meiner Rechten hörte ich den lauten Straßenverkehr. Nach ein paar Schritten hörte ich unter mir ein leises, friedliches Rauschen. Es handelte sich höchstwahrscheinlich um die treue Limmat. Ich befand mich also wieder auf einer Brücke. Ich war also bis ans Ende des Limmatquais gelungen. Ich hatte noch immer bloß eine vage Ahnung, wo ich mich befand. Ich wusste aber nicht, welches Viertel oder welche Brücke das war. Ich war völlig von Neuland umgeben; ich hatte mich ein bisschen verloren, dennoch war ich irgendwie überglücklich.

Auch diese Brücke vibrierte leicht unter dem Gewicht der Straßenbahn, der Autos, Busse und Menschen. Ich war bestimmt wieder der Einzige, der dieses überflüssige, unbedeutsame Vibrieren spürte. Alles war im perfekten Ausgleich – die Menschen konnten sehen, ich dagegen konnte unwichtige Vibrationen von Brücken wahrnehmen. Als Jugendlicher, als ich noch sehen konnte, hatte ich bestimmt nicht die Vibrationen von Brücken wahrgenommen.

Schon wieder tastete mein treuer Stock den Rand des Bürgersteigs. Dieses Mal entschied ich mich, diese unbekannte und unsichtbare Straße zu überqueren. Ich ging für ein paar Minuten so weiter, über verschiedene Straßen, die ich gar nicht sah, mich von der großen Menschenmenge treiben lassend. Ich hatte absolut keine Ahnung, was ich tat – die Menschenmenge war wie eine große Welle, die alles mit sich riss.

Ich war mir aber dann plötzlich bewusst, dass ein großer Wirrwarr von Stimmen mich umgab. Diese Stimmen hallten aber wieder, es gab starke Echos; die Gemäuer stießen diese verschiedenen Stimmen ab und vermischten sie zu einer unzertrennlichen Kakofonie. Ich befand mich also in einer riesigen Halle. Vielleicht war ich in ein mir noch unbekanntes Einkaufszentrum geraten.

Dann hörte ich eine Frauenstimme über mir, laut, undeutlich, elektrisch: „Der 10:54er Zug nach Chur hat 16 Minuten Verspätung. *Il treno delle 10:54 per Chur ha 16 minuti di ritardo. Le train de...*"

Ich befand mich also in einem Bahnhof; wahrscheinlich war es der Hauptbahnhof. War ich tatsächlich so weit gegangen?

Ich fühlte mich plötzlich leicht müde – es überkam mich einfach so, eine starke Welle, die meinen ganzen Körper ertränkte. Zu meiner rechten Seite hörte ich das Klappern von Geschirr – Gläser, Teller … – und weitere Stimmen. Es handelte sich wahrscheinlich um ein Café.

Ich ging in dessen Richtung. Das Problem war nur, ich konnte nichts sehen. Ich musste also einen Tisch *finden*, und dann beten, dass er hoffentlich nicht besetzt war.

Mein Herz fing schon schnell an zu pochen, wie wild. Dies machte mich noch mehr nervös als meine eigene Nervosität. Mein lieber Stock traf dann etwas, schon wieder ein Bein, aber dieses Mal war es ein metallenes Bein, das metallene Bein eines Stuhls. Ich hatte also einen Tisch gefunden – hoffentlich saß niemand da!

Ich ging das Risiko ein und setzte mich auf den Stuhl. Als niemand mich nach ein paar Momenten anschrie, nahm ich an, dass ich Glück gehabt hatte.

Nach ein paar Minuten kam der Kellner. „Sie möchten?", fragte er harsch und hektisch.

„Ein Wodka, bitte."

Und schon war er weg.

Mich störte sein respektloses Benehmen keineswegs. Im Gegenteil, ich war froh, wie ein normaler Mensch behandelt zu werden und kein schleimvolles, unechtes Mitleid zu ernten.

Ich hörte, wie in der nahen Weite ein Zug losfuhr. Ich stellte mir vor, dass ich einen Fahrschein kaufen würde und mit dem Zug weiteres Neuland entdecken würde. Vielleicht würde ich nach Lausanne oder Bern oder Lugano oder irgendwohin fahren. Und dann? In diesen fremden Städten würde ich wirklich verloren sein, und ich würde auch traurig sein, dass ich nichts von deren Schönheit sehen konnte.

Ich hörte, wie jemand sich mir näherte. Wahrscheinlich war es der liebe Kellner meiner Traumwelt. Aber ich hörte dann, wie eine Frauenstimme zu mir sagte: „Hey, was ist das für 'ne kleine Welt!"

Ich war momentan überrascht, denn ich hatte überhaupt keine Ahnung, wer sie war. Dann erkannte ich wieder ihre sanfte Stimme, mit einem leichten öligen Unterton, und ihren leichten deutschen Akzent. Es war die Frau von vorher, vor der unsichtbaren neuen Brücke, wo sie dank meiner Tollpatschigkeit zufälligerweise gegen mich gestoßen war.

„Ja", lächelte ich, „es waren bestimmt *Milliarden* von Mikrometern seit unserem letzten Treffen."

Ich hörte ihr Lachen – Gott, es war so schön, eine Frau zum Lachen zu bringen.

„Darf ich mich setzen?"

Ich blieb im Bereich des Mikroskopischen: „Nein, Bakterien haben Ihren Platz schon besetzt."

Sie setzte sich und lachte weiterhin. Es war ein herzhaftes, echtes weibliches Lachen, das mich mitriss, und auch ich alter Sack fing an zu lachen. Verdammt, ich war irgendwie in der Tat zu einem neuen Menschen geworden. Was machten eine Brille und ein Hut für einen großen Unterschied!

Der Kellner kam, und setzte wortlos meinen Wodka vor mir ab.

„Und was möchten *Sie*?", grummelte er, verärgert darüber, dass er arbeiten musste, zu der Dame.

„Einen Kaffee."

Ich war aber ein bisschen enttäuscht und traurig, dass ich sie nicht sehen konnte. Sie musste ungefähr fünfzig Jahre alt sein, schätzte ich, aber ihre Stimme klang jung und energisch. Hoffentlich war sie eine schöne Frau. Innerlich war sie schön, das hatte ich gespürt, und das genügte mir Blindem.

„Was hat *der* für 'ne Lust zu arbeiten", meinte sie.

„Ja, die Jugend von heute, das ist schrecklich."

„So jung ist der Kerl auch nicht."

„Im Vergleich zu mir schon."

Ich wusste, dass sie lächelte, obwohl sie nichts sagte. So etwas konnte ich spüren.

Und ob sie innerlich schön war! Sie war eine von den wenigen Personen, die meinen selbstironischen Pessimismus witzig fand.

„Übrigens, ich heiße Charlotte Prang."

„Ich bin Lommerlin. Heinrich Lommerlin."

„Es ist schön, Sie kennenzulernen."

„Das Vergnügen liegt meinerseits."

Wir saßen da und redeten weiter. Um uns herum eilten die Menschen, hektisch, voller Stress, nervös, und das Einzige, was sie sahen, war die Uhr. Aber wir hatten Zeit. Und für mich ging ein weiterer Traum in Erfüllung. Ich hatte endlich Gesellschaft – *freiwillige* Gesellschaft.

Es war so schön, Charlotte reden zu hören; zu merken, dass es ihr nicht langweilig wurde und dass sie mich anscheinend nicht abstoßend fand. Und ich wurde noch mehr zu einem normalen Menschen – ich nahm nichts mehr wahr, bis auf ihre Stimme, natürlich. Würden wir jetzt auf der Quaibrücke sitzen, dann würde nicht mal ich ihre Vibrationen spüren; ich würde bloß Charlottes gesprächige Stimme hören.

Ich wusste auch nicht, wie lange wir da saßen – ich wusste nur, dass ich langsam hungrig wurde; meine innere Uhr sagte mir, dass es ungefähr Mittag war.

Charlotte fragte mich dann: „Wo wohnen Sie überhaupt?“

Ich sagte ihr meine Adresse.

„Haben Sie ein Auto?“

„Nein, ich brauche keins“, log ich wahrheitsgetreu.

„Wenn Sie möchten, kann ich Sie nach Hause fahren – ich wohne in Horgen; Ihr Haus liegt auf meinem Rückweg.“

„Ja, vielen Dank. Es ist sehr nett von Ihnen.“

Ich rief den Kellner und bezahlte für uns beide – mit der Kreditkarte, natürlich.

Ich musste dann kämpfen, um Charlottes schnellem Tempo zu folgen, und um unterwegs nicht in etwas zu stoßen oder zu fallen; das würde ja die Höhe sein!

Irgendwie gelang es mir. Ich stolperte dann eine Treppe hinab; Charlotte machte eine Tür auf, und ich roch starke Abgase von Autos. Wir befanden uns also in eine Tiefgarage. Ich folgte ihr dann bis zu ihrem Wagen, tastete entlang dessen rechter Seite, bis ich den Griff fand, machte die Tür auf, und setzte mich in den sanften, ledernen Sessel. Es roch stark nach Pfefferminze – und nach Charlottes süßlichem Duft.

d / Unterwegs, als wir an einer roten Ampel hielten, zumindest dachte ich, dass es sich um eine Ampel handelte, fragte ich sie: „Übrigens, haben Sie heute Abend etwas Zeit?"

„Ja, natürlich, wenn Sie möchten. Wo sollen wir uns denn treffen?"

„Kennen Sie den "Fliegenden Hirsch"? Es ist ein schönes Café am Limmatquai."

„Ja. Würde es gegen neun Uhr gehen? Dann werden die Kinder wahrscheinlich schon schlafen."

„Kinder?", fragte ich, leicht verunsichert.

„Ja, ich bin glücklich verheiratet. Mein Mann befindet sich momentan in London auf einer Geschäftsreise, und ich bräuchte ein bisschen Gesellschaft. Das stört Sie doch nicht, oder? Wir treffen uns ja nur, um etwas zu trinken und zu reden, nicht?"

„Natürlich!", lächelte ich verlegen. „Meine Freunde sind auch momentan … nicht da … und ich bin ein bisschen einsam", log ich.

„Dann ist es gut. Ich dachte, Sie … hätten den Ring nicht bemerkt."

„Und ob ich ihn bemerkt habe", log ich weiter, niedergeschlagen.

Ja, so viel Glück konnte ich doch nicht während eines einzigen Tages haben. Es wäre zu schön gewesen, um wahr zu sein. Dennoch war mein erster Morgen als sehender Blinder, als Heinrich Lommerlin, nicht schlecht gewesen. Es war eine schöne und eigenartige Wiedergeburt.

„So, da wären wir. Bis heute Abend dann!"

„Ja, tschüss!"

Ich kletterte aus dem Wagen, ohne zu wissen, wo ich mich befand.

Ich konnte nicht anders, als traurig zu sein.

Ich brauchte fast eine halbe Stunde, um meine Wohnung zu finden.

6. kapitel / verspätung

a / Ich verbrachte fast den ganzen Nachmittag damit, Klavier zu spielen. Ich wiederholte mehrmals dieselben Lieder, schon wieder in Ekstase, in meiner Traumwelt, dennoch, während ich sie spielte, dachte ich an Charlotte und an den heutigen Abend. Ich wusste, wir würden nie Liebhaber werden – sie war verheiratet, und ich würde mich bestimmt nicht zwischen die beiden stellen. Wir würden bloß Freunde werden, vielleicht, und ein bisschen plaudern und lachen. Ich freute mich auf den heutigen Abend, weil ich dann endlich ein bisschen Gesellschaft haben würde.

Die Gesellschaft heute während des Tages war trotzdem blöd, fand ich. Es fiel mir leider kein anderes Wort als "blöd" ein, dennoch war ich der Meinung, dass es gut passte. Traf sich ein Mann mit einer verheirateten Frau, dann würde man denken, die Frau würde fremdgehen, und nur die *Frau* würde dann als untreu, als eine Hure, bezeichnet werden. Im 21. Jahrhundert, in dem die Frauen in allen reichen Ländern emanzipiert waren, blieben noch immer einige schleimige Spuren von Chauvinismus übrig. Traf sich hingegen ein verheirateter *Mann* mit einem anderen Mann, dann würde man sofort denken, sie wären bloß Freunde, die einen zusammen trinken gegangen sind, und niemand würde den verheirateten Mann beschuldigen, fremd zu gehen oder homosexuell zu sein. Unsere fantastisch weit entwickelte Gesellschaft, die jeden gleich behandelte, war doch fantastisch, oder? Hinter den lachenden und glücklichen Gesichtern, die unsere wunderbare, hoch entwickelte Kultur verkörperten, versteckten sich immer noch Spuren der unglücklichen, schwarzen Vergangenheit unserer Vorfahren.

b / Ja, diese Vergangenheit. Diese guten alten schlechten Zeiten. Niemand dachte daran. Auch ich nicht. Zumindest nicht an meine eigene. Denn was für mich wichtig war, das war die Zukunft, und vor allem das Präsens, der heutige Abend; der erste, den ich nicht alleine und einsam verbringen würde. Ich würde endlich das haben, wonach ich mich seit Langem gesehnt hatte. Und dies erst, nachdem ich den Menschen vorgetäuscht hatte, dass ich sehen konnte, erst seitdem ich in meine reelle Traumwelt eingedrungen war.

Die Menschen kümmerten sich erst um jemand, wenn er genauso wie sie war, blind und gefühllos. Nur die wenigsten würden freiwillig hilflosen alten Krüppeln helfen. Aber ich hatte das Glück, dass ich nicht hilflos war.

Ja, die Vergangenheit. Anstatt daraus zu lernen, um keine katastrophalen Fehler mehr zu machen, legte man sie blind weg, wie einen alten Hut, ohne zu wissen, dass gerade dieser Hut der Schlüssel zur richtigen Perspektive, zu unserem Glück, war.

c / Alles war in einem Ton zwischen Dunkelgrün und Braun. Die Bäume, der Boden, die seltenen Tiere, wir. Alles hatte dieselbe dunkle, trübe Farbe. Der Horizont verschmolz zu einem dunklen, giftigen Gebräu. Meine Kameraden sah ich bloß als Schatten vor mir.

Niemand von uns wagte, ein Wort zu sagen. Die Stille erdrückte uns; sie schwebte wie eine schwere Last über uns. Wir hörten nur unsere Füße, die leise in den trockenen Matsch traten. Sogar die nervenzerreißenden Stechmücken hatten sich entschieden, jemand anderem ihr vergiftetes Blut zu schenken.

Wir hörten nicht mal unsere Atemzüge oder unsere Herzen, die wie wild schlugen. Wir hörten sie nicht, weil sie aus einer anderen Welt kamen. Sie kamen aus der Welt der Lebendigen, und wir waren schon tot. Alles war schon tot – unsere Umgebung, unsere Gefühle, unsere Hoffnung, unsere hassvolle, verbitterte Seele, diese verdammten Gelbhäuter, und wir.

Das Adrenalin rann durch unsere Blutgefäße wie dicke Flüsse, die die hauchdünnen Gefäße verstopften und unsere verwitterten Körper ganz steif machten. Die Spannung verschleierte unsere Sicht, und unsere Hände zitterten. Unsere schweren zerlumpten Kleider klebten an unseren verwundeten Körper. Die Stille war wie eine dämonische Last auf unseren mageren Schultern, die uns das Vorangehen erschwerte. Auf unserer Linken lagen skelettartige Schatten von Bäumen auf dem erodierten Boden. Es roch stark nach Zerstörung.

Wir waren bloß hasserfüllte Killermaschinen, die einer Gehirnwäsche unterzogen worden waren, und die programmiert waren, alle kleinen Gelbhäuter zu töten. Wir wussten nicht mal, *warum* wir sie hassten; wir wussten nur, *dass* wir sie hassten. Unsere mechanischen Gelenke verrosteten weiterhin nach jeder schweren Bewegung, der körperliche und seelische Schmerz bohrte sich fortwährend tiefer wie eine giftige Säure durch unsere dünnen, scherbigen Knochen, unsere mikroskopischen Mägen schrien nach Arbeit … Wir hätten vor einigen Wochen nie gedacht, dass solch ein himmlischer, riesiger, stiller Wald sich als ein Feind, als die Hölle, entpuppen würde.

Aber was uns verrückt machte, war diese Stille. In ihr flogen fette Moleküle von Fatalität. Früher hatten wir die Stille gemocht. Aber jetzt hassten wir sie. Wir wussten, dass diese Ruhe unruhig war; wir wussten, dass nach dieser lauten Stille irgendetwas irgendwo auf uns lauerte. Und es war gerade das, was uns kaputtmachte. Wir wussten, dass diese zu friedliche Stille ein Vorbote für etwas Schreckliches war. Die Spannung zerrte an unseren Nerven, bis sie fast rissen.

Und wir konnten nicht umkehren.

Wir hatten keine Ahnung, wo wir waren, aber wir mussten vorangehen, wo der Feind irgendwo lauerte, um unsere kleine Truppe zu töten. Denn wenn wir den Befehlen nicht folgten, dann würden unsere eigenen Leute irgendwo lauern, um uns zu töten.

Die Stille und der Tod lachten uns aus. Sie drehten sich um uns wie ein höllisches Karussell. Sie tanzten um uns, sie bissen uns, sie stachen uns, sie folterten uns, sie …

Der erste Schuss fiel.

Dann folgten andere. Schon war diese unruhige Stille zu einer stillen Unruhe geworden. Die kleinen Vietnamesen waren aus dem Nichts aufgetaucht, und schon hatten sie uns umzingelt. Wir hatten überhaupt keine Ahnung, woher sie gekommen waren. Von unter den Blättern oder aus dem Moos, oder von den Bäumen, vielleicht?

Die Schüsse wechselten sich im Dunkeln. Die Feinde waren bloß Schatten im Schatten. Es war wie ein höllisches Gewitter. Alles war schwarz, bis auf die fast konstanten Blitze, begleitet von fortwährendem Donner.

Alles war wie ein Traum; ein tiefgehender Albtraum. Ich sah nur das blendende Licht, das die Waffen produzierten, und daher konnte ich nur sehr vage sehen, was sich vor mir abspielte. Man schoss, ohne aufzuhören; es war eine ewige Batterie.

Menschen fielen, Bäume wurden durchlöchert, der Boden wurde aufgewühlt und verursachte blendende Staubwolken, Blut spritzte überall, es roch nach Tod, Tod und Tod.

Und dann sah ich ihn.

Ein kleiner Vietnamese, dünner als ein Baumstamm, tauchte hinter einem Baum auf. Ich sah nur seinen Schatten im Dunkeln, seine Augen leuchteten wie helle Feuerstrahlen – und in der Hand hielt er eine Granate.

Ich sah, wohin er zielte – auf Heinrich, aus Baden-Württemberg, kaum zwanzig Jahre alt, ein guter Freund, der die Hölle mit mir teilte, damit wir nur halb so viel leiden mussten.

Alles geschah wie in Zeitlupe.

Der Feind schoss die Granate ab.

Ich hechtete nach vorne, „*Heinriiiiiiiiich…*" schreiend.

Die Granate fiel zu Boden.

Ich fiel auf Heinrich; wir beide fielen dann zu Boden.

Ich lag auf dem zwei Jahre jüngeren Mann.

Die ohrenbetäubende Explosion.

Die Splitter einer Baumkrone wurden mit Wucht überall verstreut.

Das Letzte, was ich sah, waren Heinrichs dunkelblonde, dreckige und wild zersauste Haare.

Dann kam der höllische, quälende und unmögliche Schmerz in meinen Augen.

Mir verging buchstäblich Hören und Sehen. Das Einzige, das ich tat, war, wie am Spieß, im Ofen schmorend, zu schreien.

d / Ich schrie noch immer, und als ich meine Augen öffnete, konnte ich nichts sehen. Das harte Leder meines Sofas drückte stark gegen meinen steifen Rücken.

Ich stand auf.

Irgendein Moderator in irgendeiner Sendung im Fernsehen sagte gerade: „So. Jetzt ist es zehn vor neun. Und somit gehen wir in die Zweite …"

„*Verdammter Mist!*", schrie ich auf.

Ich schaltete den Fernseher schnell aus, dann eilte ich zur Garderobe, um nach meiner Jacke zu tasten. Wie immer, wenn man in Eile war, geschah immer etwas, dass man sich noch mehr verspäten würde. Und ich bekam meine verdammten Schnürsenkel nicht mehr zu.

Die Zeit tickte und tickte. Ich wusste, dass sie schnell verging, aber ich hatte keine Ahnung, wie viel Uhr es nun war.

Ich setzte schnell meinen Hut auf, bevor ich aus meiner Wohnung hastete und die Tür zuschloss. Ich wusste, dass ich etwas vergessen hatte; dies sagte mir ein flaues Gefühl im Magen, aber ich hatte keine Ahnung, was.

Hoffentlich sah ich gut aus – ich wusste, dies war kein

Rendezvous, dennoch wollte ich nicht wie ein Strolch im Café vor Charlotte auftauchen.

Ich versuchte, irgendwie schnell zu gehen oder langsam zu laufen – was ich jetzt tat, das wusste ich nicht, aber ich hatte das Gefühl, sehr komisch auszusehen. Und wer möchte schon in meiner alten vernarbten Haut stecken? Ich war ein Blinder, der nicht wie ein Blinder aussah; der aber versuchte, wie ein Sehender zu handeln und zu laufen, obwohl er ein Blinder war. Wie pathetisch das schon klang!

Und während ich irgendwie vorankam, musste ich fortwährend aufpassen, nirgendwo zu fallen oder in etwas zu stoßen.

Ach, diese Spannung … Gestern hatte ich mich noch depressiv nach Spannung gesehnt, und jetzt wollte ich sie schon nicht mehr. Im Grunde genommen war ich nicht sehr viel anders als die ”sehenden“ Menschen.

Ich wusste, dass ich sehr spät dran war. Ich traute mich aber nicht, einen Passanten nach der Uhrzeit zu fragen. Was würde er mir antworten? Etwas, was ich nicht hören wollte. So etwas wie Viertel nach neun oder sogar halb zehn? Und was würde ich zu Charlotte dann sagen? *Tut mir leid, ich bin eingeschlafen.* Ich war ja ein richtig guter Freund.

Nach anderthalb Ewigkeiten kam ich endlich an der Quaibrücke an. Dann überquerte ich die Straße, dieses Mal ohne Zwischenfall. Der Zwischenfall war nämlich aufgetaucht, als ich eingeschlafen war. Ja, diese unschuldige Brücke hatte immer etwas mit einem tragischen Zwischenfall zu tun.

Ich ging dann den Utoquai entlang, bis dieser irgendwo an einem für mich unsichtbaren Punkt in den Limmatquai mündete. Irgendwann gelang ich dann zum Eingang des ”Fliegenden Hirschen“.

e / Als ich am Türknopf drehte, fragte ich mich spontan, ob Stefanie mich wiedererkennen würde. Hoffentlich nicht.

Nein, ich sah jetzt wahrscheinlich anders aus, und mit meinem neuen "Look" ähnelte ich einem "Sehenden". Und so würde mich Stefanie wahrscheinlich wie einen "normalen" Menschen behandeln; ich würde also keiner privilegierten Behandlung als ein blinder Stammgast unterworfen werden – ich würde höchstwahrscheinlich die "wahre" Stefanie kennenlernen, wie sie in Wirklichkeit mit wirklichen Menschen war. Ob mir das gefallen würde, ihr richtiges, ehrliches Gesicht wahrzunehmen? Mir fiel jetzt ein, dass ich eigentlich noch immer jeden Tag zum "Fliegenden Hirsch" ging. Ich wollte heute gar nicht dorthin gehen, aber dann war ich zufälligerweise auf diese Charlotte getroffen, und dieses Lokal war das Einzige, das ich kannte und das ich problemlos als ein blinder Sehender – oder vielleicht als ein sehender Blinder – finden konnte? Wer wusste es, und wen kümmerte es?

Nein, *theoretisch* ging ich jeden Tag zu Stefanies Lokal; nur mein Körper, diese Anhäufung von Atomen, Zellen und Molekülen und weiß Gott was noch, ging jeden Tag zum "Fliegenden Hirschen". Aber praktisch gesehen gab es den gestrigen "ich" nicht mehr. Karl Brüssi, seine Seele; das abstrakte Etwas, das einst ein fast vollständiges Lebewesen ausgemacht hatte, gab es nun nicht mehr. All das hatte ich heute Morgen zerstört, als ich die schwarze Brille ausgezogen hatte. Jetzt gab es nur noch Heinrich Lommerlin, und dieser unbekannte Mann machte zum ersten Mal in seinem Leben die Tür des "Fliegenden Hirsch" auf.

Ich erwartete irgendwie, dass ich, nachdem ich das Lokal betreten hatte, Charlottes Stimme hören würde, die mich rief, erleichtert. Aber als ich die Tür aufmachte – nichts. Die wenigen Gäste sprachen miteinander – es gab das übliche, notorische Geräusch von klingendem Glas, das man überall in lebendigen Cafés hörte. Ich war wenigstens für Stefanie froh, dass sie ein paar Kunden hatte, also ein paar Geldscheine mehr am Horizont.

Ich versuchte wenigstens so zu tun, als ob ich meinen Blick durch das ganze Café schweifen ließ; falls Charlotte tatsächlich da war, dann würde sie sehen, dass ich nach ihr suchte, und sie würde mich rufen.

Als aber immer noch niemand meinen Namen rief – das heißt, Charlotte, da sie die einzige Person auf dieser Welt war, die mich und meinem neuen Namen kannte –, entschied ich mich hinzusetzen.

Ich ließ mich am Tisch neben Karl Brüssis Stammtisch nieder – mit der Hoffnung, natürlich, dass niemand da saß. Meine Hoffnung erfüllte sich.

Ich stellte mir vor, Charlotte würde jetzt zu mir kommen.

„Hey, Herr Lommerlin!"

„Ach, Frau Prang, sind Sie noch immer da?"

„Bitte, nennen Sie mich Charlotte!"

„Ja, Charlotte, entschuldigen Sie meine Verspätung. Ich hatte gerade einen kleinen … äh … Zwischenfall. Übrigens, ich hatte Sie gar nicht gesehen."

Und wenn das Café dann so klein war, dass es unmöglich war, jemanden nicht zu sehen? Das konnte ja sein, denn ich wusste überhaupt nicht, wie die Innenausstattung dieses (vielleicht) niedlichen Cafés aussah.

Dann würde Charlotte auf die Spur kommen, dass etwas mit mir nicht stimmte. Sie würde vielleicht …

Aber ich hatte dieses Problem gar nicht.

Denn Charlotte kam überhaupt nicht.

Ob sie schon gegangen war, enttäuscht über meine Verspätung, deren Relevanz mir noch unbewusst war? Ob sie überhaupt hierher gekommen war? Vielleicht hatte sie heute Morgen die Enttäuschung in meiner Stimme gemerkt, als sie mir bekannt gegeben hatte, dass sie glücklich verheiratet war, und als sie merkte, dass ich gar nicht da war, hatte sie wahrscheinlich gedacht, ich wäre deswegen nicht gekommen, und war dann gegangen. Oder sie hätte gedacht, dass ich sie nur treffen wollte, weil ich mit ihr ausgehen wollte, und wäre gar nicht gekommen.

Ich konnte nur spekulieren. Über die Wichtigkeit meiner Verspätung. Über den Grund, warum Charlotte nicht da war. Über mein ganzes Leben, verdammt.

Kaum hatte ich ein bisschen Licht erblickt, da saß ich schon wieder da, in meiner Depression.

Ich saß schon wieder als vereinsamter alter Mann im "Fliegenden Hirsch", wie jeden Tag. Der einzige Unterschied – ich hieß jetzt Heinrich Lommerlin.

f / Nach ein paar Minuten in meiner Einsamkeit, kam Stefanie zu mir und für kaum eine Minute wurde es zu einer Zweisamkeit.

"Guten Abend, mein Herr. Was kann ich Ihnen denn bringen?"

"Ich brauche etwas Starkes. Wie wäre es mit einem Cognac?"

"Kein Problem. Er kommt sofort."

Für ein paar weitere Minuten saß ich weiterhin alleine da. Ich konnte es noch immer nicht fassen, dass Charlotte nicht da war. Ich hatte mich so sehr auf ein bisschen Gesellschaft gefreut; auf eine Veränderung, auf eine Art Geschenk für mein neues Leben … Das Glück war wirklich etwas Abstraktes. Und wer beherrschte eigentlich diese graue, melancholische trübe Welt voller Tristesse? Kaum hatte ich das Glück gefasst, ein Luftballon, dessen Seil ich nur mit den Fingerspitzen berühren konnte, da hatte ihn den Wind schon weggerissen, und nun war dieses Glück, dieser glitzernde Luftballon, weit über den Horizont, über alle Berge. Wer war denn dieser Wind? Ich glaubte kaum, dass es Gott war. Ich fing sogar heftig an, an der Existenz Gottes zu zweifeln. Immanuel Kant hatte einst gesagt: "Gott kann man nicht wissen; Gott muss man glauben." Und mein Glauben leistete nun diesem kleinen Luftballon Gesellschaft; Gesellschaft, die ich aber dringend brauchte.

Und es lag alles an diesem verdammten Vietnam. Ich, als junger Mann, hatte den Menschen helfen wollen. Und dank meiner dummen Benevolenz war ich in der Hölle gelandet. Gestrandet würde zwar besser dazu passen. Diese Hölle hatte mich meiner Sicht beraubt; sie hatte mein Leben versaut; mein ganzes Leben, fünfundvierzig lange, qualvolle, einsame und trübe Jahre. Und es war eigentlich meine eigene Schuld – ich war so blöd gewesen und wollte helfen, und diese noble Geste hatte mich mein Leben gekostet. Vielleicht würde ich irgendwann im Paradies landen, falls es so etwas in der Tat gab.

Nun hatte ich irgendwie angefangen, mich aus diesem Treibsand zu retten, und kaum hatte ich einen Arm herausbekommen, da hatte mir der omnipotente Teufel oder so etwas in der Gegend mich weiter mit voller Wucht hereingezogen. Nur die Gedanken, die Erinnerungen, an dieses Vietnam, an meine noble Geste, hatten mich schon wieder mein gerade angekommenes Glück gekostet.

Ich hörte, wie jemand ein Glas vor mir absetzte. Es war wahrscheinlich Stefanie. Dann hörte ich, wie sie sich zu mir setzte. Ich bekam dann plötzlich panische Angst, dass sie mich erkannt hatte.

Sie sagte aber: „Es stört Sie doch nicht, dass ich Ihnen ein bisschen Gesellschaft leiste, oder?"

„Nein, keineswegs", antwortete ich erleichtert.

„Ich habe sowieso keine Lust, mich mit den Männern dort zu unterhalten. Es ist ja der Alkohol, der dann mit mir spricht. Also: Mehr als zwei weitere Cognacs werde ich Ihnen nicht servieren, okay?"

„Keine Angst, Stefanie, ich bin kein großer Trinker!"

„Woher kennen Sie überhaupt meinen Namen?"

Verdammt! Ich suchte heftig nach einer Ausrede.

„Ich … ich habe die Männer an der Theke gehört, die Sie Stefanie genannt haben. Das ist doch Ihr Name, oder? Zumindest sehen Sie für mich wie eine Stefanie aus."

„Finden Sie?"

„Ja, irgendwie."

Stefanie war aber als "normale" Person zu "normalen" Menschen recht nett, fand ich. Und ich war der Meinung, dass sie überhaupt keinen Zweifel daran hatte, dass ich sehen konnte. Und wer würde schon als Blinder sich als "Sehender" verkleiden? Ich war bestimmt der einzige Idiot auf der ganzen Welt, der das getan hatte.

„Aber kennen wir uns irgendwie nicht, Herr …"

„Lommerlin. Wie bitte?", fragte ich, diesmal ein bisschen verunsichert.

„Sie kommen mir ein bisschen bekannt vor. Ihre Gesichtszüge … Sie erinnern mich irgendwie an jemand …"

„Tatsächlich?"

„Ja, ein guter Freund von mir. Täglich kommt er hierher und leistet mir Gesellschaft. Heute ist er aber nicht hier gewesen. Hoffentlich geht es ihm gut … Er ist ein alter Mann, wissen sie, ein bisschen älter als Sie …"

Ein bisschen älter als ich?

Verdammt, sie spielte, ohne zu wissen, mit meinem Gewissen. Und wenn ich …

Nein!

„Ja, natürlich wird es ihm gut gehen", meinte ich mit einem sanften Lächeln. „Aber ich denke nicht, dass wir uns kennen. Ich bin aus Davos, in Graubünden. Ich bin hier bloß zu Besuch … Meine Cousine … sie liegt im Krankenhaus."

„Ach, das tut mir aber leid … Deswegen haben Sie etwas Starkes gebraucht?"

Ich hatte meinen Cognac schon lange eingekippt.

„Ja", log ich weiter.

„Aber ich glaube nicht, dass wir uns schon gesehen haben. Ich bin nämlich noch nie bis Davos gekommen. Ich war kaum im Kanton Graubünden, bis auf Chur … Und, wie ist es in Davos?"

Ich war aber auch noch nie selbst da gewesen. Irgendwie war mit meiner neuen Identität ein unheimlich großes Spinnennetz verbunden, das fortwährend wuchs, und sehr viele seiner Fäden waren klebrig.

„Ja, es ist eine schöne Stadt … Es gibt dort Berge, und …"

„Ist es schöner dort als in Zürich?"

„Eigentlich nicht … Es sind bloß … zwei sehr verschiedene Städte."

Ich musste dringend das Thema wechseln.

„Und … wie läuft ihr Café denn so? Gut, würde ich sagen, da es mitten im Zentrum dieser wunderschönen Metropole liegt …"

„Eigentlich nicht so gut, wie ich es mir vorgestellt hatte …"

„Echt?" So, das Thema war nun gewechselt. „Aber hier ist es doch immer voller Touristen, nicht?"

„Das, schon, aber sie bleiben alle draußen. Wissen Sie, mit euch fünf Männern hier ist es ein sehr belebter Abend …"

„Was ist das denn für 'ne komische Welt!"

„In der Tat, Herr Lommerlin, in der Tat."

Wir saßen da ein wenig in der Stille. Eigentlich war es keine richtige Stille; nur wir waren ruhig, aber die anderen Männer redeten sehr laut und fast zu viel für normale Männer.

Plötzlich rief einer von ihnen: „Hey, meine Süße, schenk uns noch 'ne Runde aus!"

Ich glaubte, sie errötete jetzt furchtbar. Die arme Frau – entweder war ihr Lokal immer (fast) völlig leer, oder die wenigen Gäste waren alle Alkoholiker, die sich nicht gerade als Gentlemen benahmen – und dann gab es auch noch mich.

Sie fragte mich, ihre Stimme leicht zitternd: „Soll ich Ihnen noch etwas bringen?"

„Einen Kaffe, bitte schön."

Als sie aufstand, rief der Mann: „Komm schon, Stefanie, beweg deinen süßen Hintern hierher! Beeil dich!"

„Ich komm' schon!", rief sie, sehr stark geniert.

Sie brauchte schon etwas Zeit, bis sie zurückkam. Ich hörte, wie die Männer erotische Witze über sie machten und sie auslachten, sehr laut … Was waren das denn für Männer? Sie waren Feiglinge, und es war bloß der Alkohol, der sie zu Machos machte und für sie redete. Waren wir nicht in einer schönen Gesellschaft? Es war die Ära der blinden Sehenden und der sehenden Blinden, der Feiglinge und der Alkoholiker.

Stefanie tat mir sehr leid. Mein gutes Gewissen biss an mir wie ein hungriges Nagetier. Wie gerne ich sie in die Arme genommen und ihr dann ein bisschen Zuneigung, die sie dringend brauchte, gegeben hätte.

Aber vor allem wollte ich sehen. Und dieses Mal war es nicht egoistisch gemeint. Dieses Mal wollte ich sehen, damit ich Stefanie helfen könnte, und ich hätte diesen unechten Männer gezeigt, wie sich ein richtiger Mann benehmen sollte.

Was war das denn für eine Traumwelt? Heute Morgen war alles wie eine Utopie erschienen, ein richtiger und realistischer Traum; aber langsam hatte sich alles zum Negativen gewandt und sich zu einem Albtraum entwickelt. Eigentlich ging es mir heute Abend in meiner Traumwelt, in meiner Rolle als Heinrich Lommerlin, nicht viel besser als in den vergangenen fünfundvierzig Jahren.

Irgendwann kam Stefanie zu mir zurück.

„Jetzt brauch *ich* einen Cognac", versuchte sie zu lachen.

„Aber haben Sie denn keine Freunde, die Ihnen helfen würden? Ich würde gerne diese … diesen *Ratten* eine gute Lektion erteilen, aber … sehen Sie mich mal an …"

„Ach, kümmern Sie sich nicht darum. Ich bin daran gewöhnt. Und solange diese Männer mir Geld einbringen und mich nicht berühren …"

„Und ob ich mich darum kümmere", erwiderte ich energisch.

„Sie sind zu gut für diese Welt … Sie sind bestimmt der Einzige, den ich kenne, der mir gerne helfen würde, wenn er es könnte … Mal dieser Karl Brüssi, der Blinde von dem ich Ihnen erzählt habe, würde es nicht tun. Er wäre zu beschäftigt mit seinen Depressionen … Verdammt, soll der sich mal am Riemen reißen …"

Jetzt bedauerte ich nicht mehr, dass ich Heinrich Lommerlin hieß. Ich musste mich verändern, und da ich schon am ersten Tag einen sehr guten Eindruck auf Stefanie machte, war das ein schöner Anfang meiner Karriere als Heinrich Lommerlin.

„Ich sage es Ihnen", fuhr Stefanie fort, „entschuldigen Sie meinen Ausdruck, aber wenn man ein richtiges Arschloch ist, lebt man besser auf dieser Welt …"

„Ja, wenn man fein und barmherzig ist und den anderen Leute helfen will, schadet man nur sich selbst. Glauben Sie mir, ich weiß Bescheid", dachte ich laut.

„In welcher Hinsicht?"

„Ach, kümmern Sie sich nicht darum. Übrigens, wie viel Uhr ist es? Ich habe meine Uhr zu Hause liegen lassen. Ich frage mich bloß, wo ich meinen Kopf heute habe …"

Unter dem Boden, wie die Strauße, dachte ich.

„Es ist zwanzig nach elf."

„*So spät?*", sprang ich auf.

g / Ich war noch nie so spät durch die Straßen Zürichs gegangen.

Schnell bezahlte ich; wir verabschiedeten uns dann und ich eilte los. Ich fragte mich aber, warum ich so aufgeregt war, so spät abends durch die Stadt zu gehen. Eigentlich hatte ich Zürichs Nachtleben nie erlebt. Eigentlich konnte ich nicht viel erleben, weil ich nicht viel sehen konnte.

Ich war aber (schon wieder) traurig, dass ich die hell erleuchteten Gebäude nicht sehen konnte. Es musste ja wunderschön aussehen; die leuchtenden Spiegelungen in der schwarzen Limmat, unter dem sternenreichen Himmel.

Im Grunde genommen war der Abend ziemlich schnell vorbei gegangen. Gewiss, ich musste schon wieder ein paar Enttäuschungen durchmachen, wie immer, wie unter anderem mit Charlotte oder meinem Gewissen; dennoch war es mir nicht so langweilig gewesen. Und, die negativen Übertreibungen mal zur Seite gelegt, so ein schlechter Tag in der Haut Heinrich Lommerlins war es auch nicht gewesen.

Ich näherte mich schon wieder dieser Quaibrücke. Ich hätte lieber einen anderen Heimweg genommen, aber das war der einzige Weg über die Limmat, den ich kannte.

Da fasste mich jemand am Arm.

h / „Hey, mein Süßer …“

Es war eine Frauenstimme. Sie klang energisch, aber sie war trotzdem sanft und leicht ölig. Diese Stimme erinnerte mich stark an …

„Charlotte!“ Ich hellte auf, in dieser dunklen Nacht.

„Ja, mein Liebling?“ Ihre andere Hand berührte meinen Rücken, und sie ging tiefer …

„Bist du das?“ Wie gerne ich sie jetzt, auf dieser Brücke, in der tiefen Nacht unter dem sternklaren Himmel und in der frischen Bergluft, gesehen hätte …

„Ja, ich bin es. Ich kann jede sein, die du willst …“ Sie kuschelte sich näher an mich heran. Ich spürte ihre Wärme gegen meine kalte Jacke. Ich war irgendwie geschockt, dass sie, als glücklich verheiratete Frau, mit schlafenden Kindern zu Hause, so handelte, dennoch war ich zu betäubt, um mich zu wehren. Ich ließ ihre Hand langsam heruntergleiten – es war die zweite Frau in meinem Leben, die mir so nahe gekommen war und mich so liebenswürdig behandelte, und die erste nach fast fünfzig Jahren.

Sie sprach weiter: „Komm mit mir nach Hause …“

„Nach Hause?“, fragte ich, leicht sehr verunsichert. „Und die …“

Sie legte einen Finger, kühl und sanft, auf meine alten und trockenen Lippen. „Ja, nach Hause … Und für einen sehr billigen Preis bin ich jede, die du willst, und tue alles, was du möchtest …"

Erst jetzt begriff ich, was eigentlich los war. Das war gar nicht Charlotte.

Meine Blindheit, die die anderen Menschen nicht sehen konnte, hatte schon wieder mit mir gespielt.

Und das sollte also das "Nachtleben" sein? Die moderne Gesellschaft enttäuschte mich immer mehr … Was man heutzutage alles für Geld tat …

„Kommst du nun, mein Liebling?"

Ich riss mich von ihrem sanften Griff los und lief weg. Ich stolperte nach vorne, so schnell ich konnte, und eilte nach Hause, ohne zu sehen, wohin ich lief. Ich war außer Atem, mein altes Herz rasend.

Diese Quaibrücke! Diese gottverdammte Brücke!

7. kapitel / der zweite tag

a / Ein neuer Tag. Ein neuer Anfang als Heinrich Lommerlin. Und hoffentlich neues Glück.

Ich stand auf und verabschiedete mich von meiner warmen Decke. Die Kälte, die in meinem Zimmer herrschte, umwickelte mich sofort. Sie sagte mir, dass meine Traumwelt und die Realität einerlei waren.

Was war meine Traumwelt überhaupt? Sie war bloß die normale Wirklichkeit, dennoch war sie für mich eine parallele Welt; eine Welt, in der ich eine Maske aufgesetzt hatte, die eigentlich gar keine Maske war. Sie war eine Welt, in der ich sehen konnte; eine Welt, in der ich Heinrich Lommerlin hieß, wo meine Träume sich irgendwie erfüllen sollten, bis dann die dämonische Realität aber eingriff und deren Erfüllung verhinderte. Ja, meine Träume hatten sich fast erfüllt, aber dann war etwas dazwischen gekommen, und nun saß ich da, schon wieder einsam, alt, sehend, aber blind, und mit dem Namen Heinrich Lommerlin.

Schon wieder machte ich das Frühstück; aß es, alleine, wusch mich und ging dann hinaus in diese unsichtbare Welt der grauen Farben, alleine; und gelangte dann allmählich auf die Quaibrücke, alleine.

Eigentlich waren meine Tage als Heinrich Lommerlin nicht so viel anders. Ich war noch immer alt und einsam; nur in meinem Inneren hatte es irgendwie eine unsichtbare Veränderung ergeben. Wie sie passiert war, das wusste ich kaum.

Ich fragte mich auch, was mir jetzt passieren würde. Immer während ich diese Brücke überquerte, geschah mir etwas. Ich hätte gerne eine andere Brücke genommen, aber leider kannte ich nur diese. Was die Brücke beim Hauptbahnhof anging - ich wusste nicht richtig, wo sie lag, ich war bloß zufälligerweise auf sie gestoßen – und ich wusste auch nicht, wie der Weg von dort aus weiterging. Hätte Charlotte mich gestern nicht heimgefahren, dann hätte ich mich bestimmt verloren. Ich hatte also doch ein bisschen Glück gehabt.

Eigentlich war diese Quaibrücke nichts Außergewöhnliches. Sie war eine Brücke wie viele andere, in einer Stadt wie viele andere, über einen Fluss wie viele andere. Sie bestand bloß aus Eisen und Beton; eine Brücke, die die meisten Menschen kaum beachteten. Dennoch lag etwas Ungewöhnlichts an ihr; etwas, das ich nicht beschreiben konnte.

Oder es war bloß meine Fantasie, die schon wieder unbequeme Spielchen mit mir trieb.

b / Ich überquerte die Brücke, und ging dann zum Limmatquai – und nichts geschah. Ich fiel nicht; ich stieß nirgendwo ein, und niemand kam zu mir. Es überraschte mich, dennoch war ich froh darüber. Vielleicht war es ein gutes Omen, dass der heutige Tag irgendwie gut laufen würde.

Zumindest hoffte ich es.

Ich ging ziellos den Limmatquai entlang, am ”Fliegenden Hirsch“ vorbei. Ich wusste nicht, wohin mich meine Füße heute tragen würden, aber ich wollte nicht so weit gehen wie gestern, um am Hauptbahnhof oder dort irgendwo in der Gegend zu enden.

Ich vermisste Karl Brüssi keineswegs. Ich hatte ihn und das meiste, das sein Leben ausgemacht hatte, vergessen. Nur seinen Körper und seine Blindheit besaß ich noch. Das Einzige, das ich vermisste, war der Name ”Brüssi“. Irgendwie hatte er mir gefallen. Er erinnerte mich, und ein paar andere Menschen auch, an das bayrische Wort ”Bussi“.

Es war wie in Vietnam. Ich konnte nicht mehr zurückkehren; ich musste zielstrebig nach vorne gehen, obwohl es kein Ziel gab, trotz der vielen Gefahren, die dort lauerten. Ich konnte nicht mehr Karl Brüssi sein; von nun an musste ich Heinrich Lommerlin sein und bleiben, und dies bis zum nahen Tage, wenn der Sensenmann zu Besuch kommen würde.

Ich konnte nicht mehr feige sein und einfach umkehren; ich musste schließlich irgendetwas erfolgreich zu Ende bringen, das ich begonnen hatte; ich musste in meiner eigenen Welt und in dieser Welt Heinrich Lommerlin sein. Ich musste mich durch den dichten Wald kämpfen, um irgendwann herauszukommen. Hinter mir gab es nur die vollständige Zerstörung und die meisten Feinde. Vor mir blieben nur wenige Feinde übrig, mit denen ich klarkommen würde. Aber ich hatte gestern gewählt, ein tapferer Soldat zu sein, und nun war ich da, in diesem Wald, und der einzige Weg führte jetzt nach vorne. Und ich musste den Befehlen folgen. Wessen, das wusste ich nicht, aber ich musste sie befolgen.

c / Eine Tram hielt fast neben mir an. Ich hörte, wie sich die Türen öffneten; Menschen gingen hinein, andere kamen heraus. Ein großer Wirrwarr von Stimmen. Auf meiner Linken plätscherte die Limmat leise und sanft gegen die Mauer. Ich hörte Tauben und Möwen. Ich roch auch das süße Parfüm einer Frau, die nicht sehr weit von mir stand. Es erinnerte mich an den Wald; an den natürlichen Geruch von Bäumen und Sträuchern; diese verschiedenen Düfte, die zusammen zu etwas Vollständigem wurden; es erinnerte mich an eine schöne Zeit vor Vietnam, bevor der Wald für mich seinen Duft verlor und zu meinem Feinde wurde.

Ich war mir fast sicher, dass ich der Einzige war, der dies alles wahrnahm. Die anderen Blinden nahmen ihre ganze schöne Umwelt gar nicht wahr. Das, was ich nicht sehen konnte, dies sahen meine anderen Sinne, die sich mit der Zeit verstärkt hatten. Und obwohl meine anderen Sinne sehr weit entwickelt waren, vermisste ich trotzdem sehr stark meine Sicht. Sie war einst ein

Teil von mir gewesen und nun fehlte dieser Teil von mir. Es war so, als würden ein Bein oder ein Arm fehlen. Ich war ein Krüppel. Ich hatte meine Sicht und meine alte Identität freiwillig abgegeben. Ja, Heinrich Lommerlin war auch ein Pessimist, aber er wusste wenigstens, wie man mit Leuten redete. Seine Gedanken waren frei; er befand sich in der Schweiz, und dort durfte er das denken, was er wollte. Jetzt lebte er im einundzwanzigsten Jahrhundert, und die Mentalität war jetzt anders und besser als im zwanzigsten Jahrhundert, wo man nicht frei gewesen war, alles zu denken, was man wollte.

Ich fragte mich oft, worin meine Belohnung bestehen könnte. Ich war kein Egoist, aber meine Philosophie, meine Lebenseinstellung, war, dass das Gute und das Schlechte sich im Leben ausglichen, und dass alles Schlechte seine guten Seiten hatte, und auch umgekehrt. Nun hatte ich mein ganzes Leben lang gelitten, und ich wunderte mich, wo das Gute nun war.

Ich hörte sehr schwach auf meiner rechten Seite, wie jemand eine Tür aufmachte und aus dem Gebäude trat. Als er die Tür aufmachte, hörte ich leise etwas Musik; es klang nach einer italienischen Tarantella. Ich hörte aber auch das vertraute Klappern von Geschirr. Ich hatte also ein Café, oder ein Eiscafé, oder was auch immer es war, wo man etwas zu trinken bekam, entdeckt. Die Tür war genau auf meiner rechten Seite – sie war bloß auf der anderen Seite der Straße.

Es war höchste Zeit, etwas Neues auszuprobieren, und nicht in den ”Fliegenden Hirsch“ zu gehen, trotz Stefanies Gastfreundlichkeit.

Würde ich bis zum nächsten Zebrastreifen gehen, dann würde ich das Café niemals wieder finden. Ich musste also auf der Stelle die Straße überqueren. Es war eine Art Fußgängerzone, glaubte ich, die aber von der Straßenbahn durchquert wurde. Ich spitzte meine Ohren, und in der riesigen Kakofonie sahen meine Ohren, dass sich weit und breit keine Tram befand.

Ich nahm schon wieder die Risikokarte. Ich ging vom Bürgersteig hinunter und mein Stock traf sofort auf ein metallenes Gleis. Dann überquerte ich die beiden Schienenpaare, bis ich schnell auf der anderen Seite der Straße ankam. Ich trat auf den Bürgersteig, und dann ging ich in derselben Richtung geradeaus weiter. Nach ein paar Metern begegnete ich der Tür, die mich von einer Art Wirtschaft trennte.

Ich machte sie auf.

d / Die Musik, die ich nun hörte, war aber keine Tarantella. Es war moderne Rock–Musik, die ich hasste. Es roch auch sehr nach Baumwolle und synthetischen Stoffen. Ich war in irgendeinen Kleiderladen gekommen. Ja, auch ich hatte und machte meine Fehler.

Ich hatte aber vorher klar und deutlich eine Tarantella und das Klappern von Gläsern, Tassen und Löffeln gehört. Ich hatte die Straße wahrscheinlich diagonal überquert. Das Wirtshaus müsste eigentlich nebenan sein.

Ich ging wieder hinaus in die kühle Züricher Herbstluft. Ich entschied mich, dem Gebäude links von diesem Kleiderladen einen Besuch zu erstatten.

Nach ein paar Minuten fand ich die Eingangstür. Hoffentlich hatte niemand mein kleines Spektakel bemerkt. Ich spürte eigentlich keine Blicke, die auf mich gerichtet waren. Ich hatte aber gelernt, dass, wenn man wie die anderen Menschen aussah, dann beachtete man uns gar nicht. Sähe ich aber wie ein Blinder aus, dann würde jeder auf mich schauen, so wie früher, als wäre ich ein seltenes Tier. Das war Diskriminierung!

Ich machte die Tür auf. Schon umzingelte mich eine dünne Wolke von Klaviermusik; irgendein Pianist spielte eine Tarantella, während ein italienischer Sänger irgendetwas sang. Ich verstand aber nur Bruchstücke von seinem sizilianischen Dialekt. Ich glaubte, der Lautsprecher befand sich gerade über meinem Kopf.

„Grüezi!", sang eine Frauenstimme, fröhlich.

„Grüezi!", erwiderte ich, mit fast derselben Motivation. Ich hörte sehr viele Stimmen – dieses Lokal funktionierte viel besser als Stefanies, merkte ich.

„Eine Person?", fragte die Frau mich.

„Ja. Ich möchte aber nur etwas trinken."

„Hier bekommen Sie sowieso nichts zu essen – wir sind nur ein Eiscafé!", scherzte sie.

Es fühlte sich so gut an, wie ein normaler Mensch behandelt zu werden. Es war wie in einer Traumwelt. Ich zog solch eine lässige Behandlung falscher Barmherzigkeit vor. Ich war Teil einer Gesellschaft, die sehr viel Wert auf das Aussehen legte.

Hätte man mich früher wie einen normalen Menschen behandelt, dann hätte ich vielleicht diese Identitätskrise und diese Metamorphose nicht durchgemacht. Warum waren die Menschen so blind?

Nachdem sie kurz gelacht hatte, und ich gelächelt, forderte sie mich auf: „Bitte folgen Sie mir!"

Ich würde also kein Problem haben, einen freien Tisch zu finden.

Ich versuchte, so gut ich konnte, ihr zwischen den vielen Tischen zu folgen. Nach ein paar Augenblicken fragte sie mich: „Ist es hier gut?"

„Für mich passt alles." Dieser ambivalente Satz stimmte ganz genau zu.

Ich setzte mich auf eine weiche, lederne Bank. Ich tat so, als würde ich das Menü betrachten.

Nach ein paar Minuten kehrte die Frau zurück. „So!", sagte sie, gutgelaunt. „Was möchten Sie denn?"

„Ein Eistee, bitte."

„Kommt sofort!"

Ich saß für einige Momente alleine, dennoch ziemlich zufrieden.

Nun hatte ich endlich ein weiteres Lokal entdeckt, in dem ich gerne ein Stammgast werden möchte. Ich müsste mir nur merken, wo dieses Eiscafé ganz genau lag, so wie ich es für den ”Fliegenden Hirsch“ gemacht hatte.

Ich hörte, wie ein Handy klingelte. Es kam von meiner linken Seite; der Besitzer des Handys saß wahrscheinlich auf derselben Bank. Der Klingelton war aber so witzig – es war eine Art Parodie eines beliebten modernen Pop-Liedes – dass ich lächeln musste. Nachdem der Mann rasch nach ein paar schnellen Worten aufgelegt hatte, sagte er zu mir: „Es ist witzig, finden Sie nicht?“ Auch er schien gutgelaunt zu sein.

Was war heute bloß los?

„Ja, sehr!“, lächelte ich.

„Hat mir mein Sohn über Bluetooth geschickt.“

„Ach so?“, fragte ich, ohne zu ahnen, was ”Bluetooth“ sein konnte. *Blauer Zahn,* vielleicht?

„Ja. Es ist erstaunlich, wie weit und wie schnell die Technologie sich mit dem Anfang des Jahrtausends entwickelt hat, nicht?“

„Sie sagen es!“

„Übrigens, ich heiße Enderlin.“

„Lommerlin“, erwiderte ich.

Ich nahm wahr, wie er mir seine Hand hinhielt. Ich schüttelte sie. Seine Finger waren lang und sanft, sein Griff hart, aber angenehm. Ich hatte es wahrscheinlich mit einem Bürokraten zu tun. Er schien auf den ersten Eindruck aber sehr sympathisch zu sein.

Es war wirklich so schön, wie ein normaler Mensch angesehen und dementsprechend behandelt zu werden. Es war schade, dass ich den Mann nicht sehen konnte, dennoch wusste ich eins: Ich würde für immer Heinrich Lommerlin heißen.

e / „Wohnen Sie hier?“, fragte er mich.

„Nein, ich bin bloß hier zu … zu Besuch. Und Sie?“

„Ich komme aus Bern. Ich bin nur geschäftlich hier. Es ist eine wunderschöne Stadt, finden Sie nicht?"

„Ja, sie ist viel schöner als Davos, bis auf die Berge, die man hier nicht so oft zu Gesicht bekommt."

Ich musste mit meinen Lügen weitermachen. Eigentlich waren es keine richtigen Lügen; ich war nun Heinrich Lommerlin, und ich musste seine – *meine* Geschichte erfinden. Ich hatte schon den ersten Baustein einbetoniert, und nun musste ich das Gebäude darauf konstruieren, und mit der Zeit würden die Perfektion und die Details kommen. Ich hatte nämlich keine Ahnung, wie alles sich weiter entwickeln würde; ich würde in der Zukunft bloß improvisieren. Das war gerade das Schöne daran, wenn man sich seine eigene realistische Traumwelt aufbaute und gestaltete. Aber das bisschen Leben, das mir übrigblieb, würde ich in dieser Traumwelt verbringen. *Nur* in dieser. Karl Brüssi gab es nicht mehr; und es würde niemand anderen als Heinrich Lommerlin geben.

Mir blieb aber noch im Dunkeln, wie ich, von einer bürokratischen Sicht her, meine Art heimliches Leben führen sollte. Das Gespräch mit einem Bürokraten hatte dies in mir erweckt. Bei einem Arztbesuch, zum Beispiel, fragte ich mich, was ich tun sollte. Er würde meine Blindheit bestimmt entdecken, und mit einem falschen Namen konnte ich wahrscheinlich nicht in seiner Praxis auftauchen, und wie würde es überhaupt mit der Krankenkasse gehen …

Aber das war nicht der geeignete Moment, um daran zu denken. Wie gesagt, ich würde irgendwie improvisieren. Hauptsache, ich hatte mein neues Leben angefangen und das Fundament schon kreiert.

„Hoffentlich wird es keinen harten Winter geben", fügte Enderlin hinzu.

„Ein paar Meter Schnee würden aber nicht schaden", entgegnete ich. „Nach dem Fiasko vom letzten Jahr …"

„Ich mag den Schnee aber nicht allzu sehr."

„Dann wohnen Sie im falschen Land!", lachte ich.

„Vielleicht … Vielleicht auch nicht …"

„Warum mögen Sie den Schnee nicht? Ich finde, er ist wunderschön." Wenn ich ihn bloß sehen könnte …

„Das liegt an einem schrecklichen Erlebnis meiner Kindheit."

„Ja, unsere Kindheit prägt irgendwie immer unser Leben. Die alten Skelette im Schrank …"

Wir redeten für einige Zeit weiter. Wie lang, das ahnte ich nicht. Wir redeten über alles, worüber man reden konnte – das Wetter, Politik, Frauen … Er war ein sehr gesprächiger Zeitgenosse und eine gute Gesellschaft.

Ich war froh, seine Bekanntschaft gemacht zu haben. Während dieser schönen Zeit, die ich in diesem namenlosen Eiscafé verbracht hatte, war ich kein einsamer alter Sack mehr – ich war eine normale Person, ein Zeitgenosse; ich war ein Mensch – ich wurde so gesehen, und man redete mit mir, als ob ich ein Mensch sei. Es war ein schönes Gefühl, mit einem unbekannten Mann zu reden; das Gefühl zu haben, als ob ich ihn immer gekannt hätte und ich nie einsam gewesen wäre. In der Tat, Heinrich Lommerlin war noch nie einsam gewesen – in den anderthalb Tagen seiner bisherigen Existenz hatte er drei mehr oder weniger nette Leute kennengelernt, und vor allem hatten drei mehr oder weniger nette Leute *ihn* kennengelernt, und zwar freiwillig und gerne. Und er hatte sich selbst auch kennengelernt.

Mein Leben hatte sich zum Besseren gewandelt.

f / Ich hörte, wie Enderlin aufstand.

„So, ich muss nun gehen. Es war schön, Sie kennenzulernen."

„Ja, das gilt auch für mich."

„Hoffentlich sehen wir uns noch einmal."

„Die Welt ist klein", erwiderte ich.

„Ja, aber leider oft nicht klein genug."

Er rief die Kellnerin zu sich.

Während er auf sie wartete, kam er zu mir und schüttelte meine Hand – schon wieder dieser Bürokraten-Händedruck, der aber sehr angenehm war. Seine Hand war sanft und wahrscheinlich maniküriert – dieser Mann legte also sehr viel Wert auf ein gepflegtes Äußeres.

Es war schon bewundernswert, dass ich ohne meinen Interlokutor gesehen zu haben, herausfinden konnte, um welche Art von Person es sich handelte. Würde ich ein bisschen weiter mit ihm reden, dann könnte ich mir vielleicht sogar ein richtiges Bild von ihm machen. Vielleicht.

„So, ich wünsche Ihnen noch einen sehr schönen Tag."

„Danke, und bitte, machen Sie gute Geschäfte. Bringen Sie mal die Börse richtig zum Zittern!"

„Ich werde mein Bestes geben!"

„Das trau' ich Ihnen zu", fügte ich gutgelaunt hinzu. Es war schön, wieder bei bester Laune zu sein.

Nachdem er bezahlt hatte, rief ich die Kellnerin zu mir und bestellte eine Rivella nach.

Ich wusste nun, dass ich dazu fähig war, mit den Menschen zu kommunizieren und neue Bekanntschaften zu machen. Heinrich Lommerlin war ein Mann mit genug Selbstwertgefühl und sehr viel Selbstvertrauen.

„Ihre Rivella", sagte die Kellnerin, während sie mein leeres Glas und die Flasche mitnahm.

„Entschuldigen Sie, wie heißt dieses Lokal überhaupt? Ich hatte den Namen nicht bemerkt."

„Echt?"

„Ja – ich möchte es ein paar guten Freunden empfehlen", schmeichelte ich ihr, „und es wird mir schwer fallen, wenn ich den Namen nicht kenne."

„Ach, ich habe meinem Chef so oft gesagt, der Name hinge draußen sehr ungünstig, aber der Herr wollte mir ja nie zuhören … Wissen Sie was, kommen Sie mit mir, dann können wir beide es ihm sagen! Und dann wird er *vielleicht* etwas unternehmen.“

„Nein, ich will keinen Aufwand machen.“

„Sind Sie sich sicher?“

„Ja.“

„Ja, was? Dass Sie mitkommen wollen oder dass Sie keinen Aufwand machen wollen?“ Sie lachte ein bisschen, dann fügte sie hinzu: „Ist schon in Ordnung. Ach, Sie sind bestimmt der zehnte Kunde, den ich vergebens versucht habe, zu überreden … Ich werde bestimmt keine Chance in der Politik haben!“

„Welch guter Mensch will schon freiwillig Politiker werden?“

„Ja, da haben Sie recht.“

Sie drehte sich schon um, um zu gehen. Da rief ich: „Und der Name?“

Ich hörte, wie sie sich dann wieder umdrehte: „Ach ja! Wo habe ich bloß meinen Kopf … Wir heißen *Gelateria I Dolomiti*.“

„Schöner Name.“

„Danke!“

Die junge Dame ging.

Ich trank meine Rivella aus, bezahlte dann, und gab der lieblichen Kellnerin fünf Franken Trinkgeld, bevor ich das Lokal verließ.

g / Ich entschied mich, nach Hause zu gehen. Irgendwann später heute Nachmittag würde ich mich wieder in diese wunderbare Stadt trauen. Ich würde mich sogar bis in die höheren, engen Gassen der Altstadt trauen, um dort in einem Restaurant abendzuessen.

Ich hatte wieder den Mut gefunden, etwas Neues zu wagen.

Ich würde vielleicht alleine sein, aber keineswegs einsam. Und vielleicht würde ich eine weitere, hoffentlich angenehme, Bekanntschaft machen.

Ich merkte, dass ich mich der Quaibrücke näherte. Was würde jetzt geschehen?

Nichts, wahrscheinlich, wie vorher.

Ich hatte mich endlich selbst gefunden; ich war noch immer blind, aber ich sah normal aus und benahm mich konventionell; daher würde ich nun normal und ohne Zwischenfall die Brücke überqueren.

Eine kühle Brise blies in mein Gesicht. Sie erfrischte meine kalte Haut, die nun voller Leben war. Die langen Fingerspitzen des Herbstwindes versuchten meinen Hut von meinem Kopf zu reißen, aber dafür war mein Hut zu schwer, dank des Gewichts meiner Seele und meiner verlorenen Kindheit. Also entschied sich der Wind, ein neues Opfer zu finden.

Gerade hatte ich einen Fuß auf die Brücke gesetzt, als ich an das Wort "Opfer" dachte, und plötzlich hörte ich einen scharfen, verängstigten Schrei: *„Meine Handtasche! Hilfe! Hilfe!"*

Es kam von nicht weit hinter mir, und es schien eine ältere Dame zu sein. Sie schrie noch immer; nun krächzte sie voller Panik weiter: *„Hilfe! Meine Tasche! Hilfe!"*

Ich hörte andere aufgeregte Stimmen um mich her, und jemand versuchte der Dame zu helfen.

Da hörte ich schwere Schritte, die sich in meine Richtung bewegten. Die Person schien zu laufen. Ich hörte sehr deutlich, wie der Kerl schnell und hektisch atmete; ich hörte Ausrufe, und da lief er gerade neben mir.

Plötzlich streckte ich meinen Stock vor mich.

Ich spürte dann eine schwere Last, die damit kollidierte. Es erschütterte mich am ganzen Körper, dennoch blieb ich fest stehen.

Dann hörte ich, wie jemand hart zu Boden fiel. Ich hörte auch, wie gleichzeitig etwas Ledernes zu Boden fiel.

Da lachte ich: "Sind Sie blind, oder was?"

epilog / brücke

Heinrich Lommerlin war nun drei Tage alt. Und schon am ersten Tag hatte er gelernt, zu reden. Am zweiten Tag hatte er schon gelernt, richtig zu gehen.

Draußen hörte ich ein paar Autos entlang der Einbahn-straße fahren, und ich hörte auch, wie der Wind versuchte, mir Gesellschaft zu leisten.

Ich hatte an diesem trüben Morgen keinen Einwand, dass ich alleine war. Ich wusste, dass die Menschen da draußen sehr gesellig waren – sobald man wie sie aussah.

Wie immer aß ich das Frühstück alleine, aber dieses Mal hatte ich den Fernseher eingeschaltet, damit ich eine Kulisse zu den verschiedenen Szenen und Gesichter zu den verschiedenen Stimmen in meiner Fantasie malen konnte. Ich wusste, dass diese Leute in der Wirklichkeit völlig anders aussahen – dies kümmerte mich aber keineswegs, da ich sie nie sehen würde. Ich verlangte nicht viel – mir genügte meine Fantasie, und da die Wirklichkeit leider viel zu oft enttäuschend war, erfand ich meine imaginären Gesichter, die mir gefielen. Ich war irgendwie eine Art Künstler, und dies war auch eine erfolgreiche Methode, um mich während des Frühstücks nicht zu langweilen. Ohne meine Imagination würde ich völlig nackt sein – ich wäre so unsinnig und schutzlos wie eine Auster ohne Schale.

Ich wusste, dass ich nichts wusste, zumindest viel zu wenig über diese schöne enttäuschende Welt, und darum hatte man mich mit einer blühenden Fantasie ausgestattet, damit ich Bil-der malen konnte, die ich in einer staubigen Schublade in einer vergessenen Ecke meines Gehirns speichern konnte, und damit ich träumen konnte, wie diese Welt aussah.

Dann wusch ich mich, alleine. Hätte ich eine Frau, dann hätte ich mich trotzdem alleine gewaschen – es gab Sachen, die man alleine tun sollte, und für mich gehörte das Waschen dazu.

Als ich meinen Hut vom Tisch aufhob, kamen meine Finger in Berührung mit meiner schwarzen Sonnenbrille, die ich genau wie meinen Hut nie loswerden konnte; und es war so, als hätten sich ein paar Finger tief in mein Herz gebohrt. Die Erinnerungen, obwohl sie nicht allzu schön waren, erwachten – sie waren wie eine Glühbirne, die für eine kurze Zeit sehr hell aufleuchtete, bevor sie für immer dunkel bleiben würde.

Ich ging dann hinaus in diese Metropole namens Zürich; meine Stadt, meine Heimstadt, mein Leben, meine eigene Traumwelt. Ich ging schon wieder auf meinen morgendlichen Spaziergang. Ich war ein Mann von Gewohnheiten, obwohl ich jeden Tag etwas anderes tat.

Heute würde ich mich wieder in die Altstadt wagen, wo es ein Labyrinth von unsichtbaren, romantischen kleinen Gassen gab, und wo ich gestern Abend eine schöne Pizzeria entdeckt hatte. Später würde ich vielleicht zum Eiscafé ”I Dolomiti“ gehen – falls ich es wiederfinden würde.

Ich näherte mich schon wieder der Quaibrücke. Jetzt bedeutete sie mir nichts mehr – sie war eine Brücke wie alle anderen, und ich war mehr oder weniger ein Mensch wie alle anderen. Was würde mir jetzt schon geschehen? Das Schicksal hatte garantiert keine weiteren Überraschungen für mich vorbereitet, oder?

Ich und Karl Brüssi waren garantiert bekannte Stars auf dieser Brücke.

Da berührte mich eine Hand auf die Schulter.

Ich drehte mich um, instinktiv, obwohl mir bewusst war, dass ich die Person nicht sehen konnte.

„Hey, Lommerlin!“, rief der Mann.

Da erkannte ich seine Stimme wieder.

„Enderlin! Ich hatte Sie gar nicht gesehen!“, behauptete ich, wahrheitsgetreu.

„Ich auch nicht – bis vor ein paar Sekunden", lachte er.

„Ist ja normal, bei solch einer Menschenmenge."

„Bei uns in Bern ist es nicht viel anders."

„Was ist das denn für eine kleine Welt!"

„Ja, ich hatte gar nicht erwartet, Ihnen wieder zu begegnen. Morgen reise ich nämlich ab. Heute ist mein letzter Tag hier."

„Viel Spaß dann. Übrigens, wo arbeiten Sie denn?"

Wir redeten weiter, während wir über die Quaibrücke spazierten.

Die Möwen kreischten, der Wind blies durch die nackten Zweige der Bäume, der See planschte leise gegen den Quai, die Menschen redeten und dichter Verkehr fuhr auf der Brücke.

Dadurch vibrierte sie leicht; es war ein schwaches, unbedeutendes Beben. Aber die Menschen waren mit ihrem Leben zu beschäftigt, um es wahrzunehmen oder erst zu bemerken.

Genauso wie ich.

wiltz, luxemburg
01.11 – 25.11.2007

nachwort

An dieser Stelle möchte ich erwähnen, dass dieses Buch sehr ambivalent ist. Es ist wesentlich mehr als eine nüchterne Erzählung, als die Geschichte eines Mannes, der es irgendwie auf seine eigene merkwürdige Art und Weise fertigbringt, ein bisschen Farbe in sein Leben zu malen. Es soll zeigen, dass es für jeden Menschen möglich ist, sein Leben zu verschönern – man muss es nur wollen. Niemand kann das erreichen, was er möchte, wenn er sich nicht traut.

Diese Novelle erzählt die Geschichte eines Mannes, der sich aus seinen Depressionen retten konnte und der es fertiggebracht hat, sich und sein Leben zu bessern.

Sie ist sehr kurz, dennoch steckt eine ganze Welt dahinter, und sie bedeutet auch eine ganze Welt. Es hat mir auch Spaß gemacht, Karl Brüssi, alias Heinrich Lommerlin, zu erfinden. Er ist eine sehr interessante Person, die aber während ihres Lebens sehr viel gelitten hatte. Ich könnte seine Geschichte aber noch unendlich lang weitererzählen, denn sie ist lange nicht vorüber. Aber die schwere Zeit seines Lebens hatte er zumindest überwunden, und das ist der Kern dieses Kurzromans. Es ist auch nicht so einfach, eine infinite dreidimensionale Welt auf zweidimensionalem, flachem Papier zu verwandeln.

Ich bin mir aber sicher, dass es irgendwo da draußen solch einen Menschen gibt. Und es gibt bestimmt sehr viele Menschen, denen es gelungen ist, ihr Leben zu verwandeln.

Es ist aber auch eine leise Kritik an der heutigen Gesellschaft – die Menschen sind zu beschäftigt mit ihrem Leben, um leben zu können, und dass *sie* eigentlich die richtigen Blinden sind.

Max Frischs Werk "Mein Name sei Gantenbein" hat mich während meines Schreibens sehr inspiriert. Man kann dies schon an den Titeln merken. Diese Novelle ist aber genau das Gegenteil von Frischs Werk. Sein Roman hat eine eher humorvolle Stimmung, und sie ist eine Art satirische Parodie. Diese Novelle, hingegen, hat einen sehr pathetischen und oft depressiven Ton.

Ich habe mich während der schnellen Entstehung dieses Werks von meinem eigentlichen Stil sehr stark abgewandt. Hier habe ich mich sehr weit in die Welt der Gefühle und der Bilder gewagt.

Ich möchte mich auch bei ein paar Menschen bedanken.
Zuerst beim *P.M. Magazin* und *Books on Demand*. Diese zwei Namen gehören zwar keinen Menschen, aber dahinter steckt sehr viel Menschlichkeit. Besonders vielen Dank an Manon Baukhage von P.M. und Ulf Behrmann von BoD.
Dann vielen Dank an Louis Reding, Mats Weber, Antonia Nordhaus, Elise Berkel, Julie Dupont, Debbie Wallers, Sarah Beck, und auch an Myriam Kails, und an alle meine anderen Freunde und meine Klasse, die mich während und auch nach dem Schreiben seelisch unterstützt haben.
Ich möchte mich auch herzlich bei meiner Familie bedanken, die immer für mich da war, und die mich auch bei den vielen schönen Stunden der Entstehung dieser Novelle unterstützt hat: Jahana, Maurizio und Julia Ceniviva.
Und an all die Leute, die ich vergessen habe: Ihr wisst, wer damit gemeint ist!

riccardo n. ceniviva

ricky.official@yahoo.com